这个世界
无论多么喧哗
专注做点东西
至少对得起
光阴岁月

手艺投入的是时间
倾注的是感情
微小而珍贵

整个社会向前走
除了冲在前面的人
也需要慢吞吞
给人安定感的人

就这么过下去
把时间浪费在
最美好的事情上

给亲爱的你：

在我们的身边，生活着许多手艺人。他们从未在都市里消失，只是人们不再提及手艺这件事。城市看上去荒芜冰冷。然而我们确实活在手艺人的世界里，享受着他们带来的好，他们构建了我们生活的融合和温度，是物质背后最深沉的气息。

寇羽楚

万物皆有欢喜处

祝羽捷 著

江苏凤凰文艺出版社

推荐语 ◯ 梁文道

其实，手艺人本不该像这本书所说的如此“不合时宜”。

看，“匠人”岂不正是眼下中国最流行、最当红的商业概念？他们的好日子根本还没开始，又如何谈得上落幕？只不过表象的潮流，往往不是真实的细节。

就如书里修钢笔的张老先生，像我这样一个坚持用钢笔写字三十年的人，终也弃下了这种更加文明的书写工具，他这门功夫又还能剩下多少日子呢？

可话说回来，我又怀疑，这对他们而言或许并不是个问题。

因为即便世上千年，双手之上，片刻永恒。

在每门手艺里，

能感觉到禅意，

这是手艺人

对这个世界最深情的表达。

推荐语 ○ 周国平

手艺，是人类古老的生活方式，使生活富有诗意。

从前的城市，随处可见各种作坊，它们和人们的日常生活有最密切的联系，人们从每件作品中可以感受到心的诚实和手的温暖。可是，曾几何时，手艺仿佛从生活中消失了，匠人仿佛成了传说中的物种。

真的消失了吗？

祝羽捷是有心人，她在城市各个角落发现了许多从事不同手艺的新匠人，写了这本充满欢喜的书。

是的，万物皆有欢喜处，每位新匠人都是某一类欢喜处的知音，而作者是分散在各处的新匠人群体的知音。

我相信，世上有诗意的心，手艺就会长存。

手艺人看上去温柔、细腻，

并不是那种千军万马一往无前的人，

但他们其实

无比坚强，无比聪慧。

推荐序

不入局的人

○

韩松落

去年看过的电影里，《动物世界》是我比较喜欢的几部之一，我曾向很多朋友推荐过它。

之所以喜欢它，是因为它是国产商业片里，少数几部在故事、结构和表演上，都做得很圆润的作品，更因为，它用一个有奇幻色彩的故事，解读了当下人们的处境。

故事里的男主人公，被动地卷入了一场生死赌局，只要进入这场赌局，就必须尽全力和别的赌徒博弈，一旦失败，就会堕入很可怖的命运。事实上，掌控这个赌局的庄家，不但负责制定规则，也掌握着所有人的底牌、筹码，并且控制着他们的情绪和心理状态。进入这场赌局的人，最终都会失败。

这部电影，让我联想起我们的处境。很

多时候，我们一出生，就进入了一个局，这个局规定了我们生存的方式，也给出了生存的法则。我们呼吸是入局，喝水是入局，买房子是入局，炒股也是入局，我们不得不按照这个局的规则，去构建自己的人生，构建自己的思想，也按照这个规则，去修改自己的喜好，设计自己的形象，学习和人相处的方式。

它也掌握着我们所有的底牌，早就把我们琢磨透了，我们的消费，我们的行动，我们的爱憎，我们所有的情绪，不论是焦虑还是喜悦，其实都被这个局控制和调动着。这个局广大无边，无处不在，甚至在很多看上去很温柔很自由的地方，也密布着它的獠牙。

也是那段时间，我读到杨照的《经典里的中国》。在那套书里，他解说了构建中国人思想框架的传统文化经典著作，在读到其中某几本的时候，能感觉到他有一种微微的惋惜：如果中国人当初选择了这种而不是那种思想体系，并把它变成中国人的人格DNA和社会DNA，我们的社会，是不是会更好一点呢？我们的生存，会不会是另外一种样子呢？

这已经无法想象了，现实中的我们，唯有遵从这些规则，甚至慢慢和它同化。

但我分明在一些人身上，看到了另外一种可能。他们选择不入局，不相信这个局的规则，而是自定规则，自求我道，自己决定喜悦或者悲愁。他们看上去温柔、细腻，并不是那种千军万马一往无前的人，但他们其实无比坚强，无比聪慧，因为他们要抵御甚至无视那个局给出的诱惑、制造的焦虑、布置下的幻象。他们给自己筑造了一个小宇宙，种植玫瑰或者麦田，为风和星星叹息。

祝羽捷（曾用名祝小兔）的《万物皆有欢喜处》里写的这些手工艺人，就是这样的人。他们选择的，学习的，从事的，都是在今天看起来已经很边缘的职业，做手工鞋，做手工面，修笔，纹身，做香，做团扇，做木工，打铁，铸剑。每一个工种，似乎都在消亡的边缘，都有赖于细小分众的喜好而存在，看不出商业化的前景，也绝无可能被万众瞩目。

他们这样的人，也和这些工种一样，谦和、退让，却又有一种不卑不亢的笃定，似乎自己的存在完全不需要理由，自己的喜爱不需要辩解，自己根本没有融入洪流的冲动，也对那些火热的赌局视若无睹。他们就那么静静地存在着，热爱着，生活着，被二三知己围绕，被那些穿过大街小巷去寻找他们的人喜欢，这喜欢是淡淡的，素净的，稍有打扰就会消散，却又是那么坚固。因为，它本质上不是一种手艺，一种生活方式，而是不入局者的坚定。是这种坚定，让温柔的人向往，让入局者景仰。

在这个日新月异的年代里，手艺人渐渐老去，所有被冠以老字号的人、事、物，都仿佛有些不合时宜。因此作者的记录更显珍贵。我们见证手艺变迁，手艺见证着我们的生活。盐野米松有一段话，“作

世上有诗意的心，

手艺就会长存。

为我们，更应该保持的恰恰就是从前那个时代里人们曾经珍重的真挚的相互信任的感情。”当我们忙碌、胆怯、焦虑、愤怒时，手艺就在我们身边。他们始终就在城市的街头巷尾，从未远去。手艺人的初心由器物传承，由文字记录下来，即使历经生活的千磨万击，终是不会湮灭的。

这些不入局的人，始终给予我们一份稠厚的沉甸甸的情感。好像是路走累了，还能找个地方歇歇脚，再走。

而这本书的作者祝羽捷，其实也是这样一个人。她曾在时尚业工作，是时尚女魔头的身边人，但她却始终保持着谦和和真诚，在事业最巅峰的时刻也保持清醒，学习是她的终身事业。她看起来也投身潮流，做了自媒体，但就连她做的自媒体，都是淡淡的，素净的，没有攻击性的，那些在自媒体时代享受到红利的人，都要对她摇头，为什么要做这样一个“不撕不扯，不毒舌不冷血”的公众号。

这一切都不意外。当你凝视那个局，那个局也在凝视你，当你用它指定的方式去生活、去和人相处，那么，你即便身在桃源，其实也像是在“动物世界”里。

而她和那些手艺人一样，选择不入局，选择用自己喜欢的方式去生活、去写作，也要去寻找、去聚拢有着相同愿望的人，大家彼此相照，像萤火虫照着萤火虫，淡淡的光，却有至大的坚定。

局外人的坚定。

新版自序

万物皆有欢喜处，开宗明义，说的是在万事万物中都能获得喜乐，这正是手艺人的幸福，无论操持的是哪门手艺，无论用何种方式过河，最后都能到达彼岸。这里的欢喜不同于喜鹊那种叽叽喳喳的开心，这种欢喜是岑寂的，是每个领会其中要义的人嘴角的微微上扬。

我的人生态度和审美颇受外公的影响，那就是：比起所谓的成功，更让人值得去追求的生活是宠辱不惊的状态。

80后的独生子女都有跟隔代长辈大把相处的时间，我也不例外。外公家是在护城河边的一个四合院里，被踩得很结实的土地，在下雨天散发着潮湿的味道，门外竖起一个三层的铁架，上面摆满花盆，种着月季、芦荟、文竹、君子兰……房子里地砖松动了几块，我逮着没被看管的机会就拿小棍去撬动，希望能找到些什么，哪怕只是发现另一块石子，也能兴奋一下。天气好的时候，大人们把被子抱出来晒，他们拍打着被子，发出沉闷的声音，我们小孩躲在被子中间玩捉迷藏，没心没肺。这时街道上陆续传来叫卖声，有磨剪刀的，有收橘子皮的，有卖篮子的，当然最吸引我的是卖爆米花的，他们一出现，整条巷子都弥漫着甜香。

你可以从家自带大米、玉米和糖，也可以空手来。那卖爆米花的大爷，将自己的小车一停，坐在路边，在他那犹如太空舱一样的黑色容器里，倒入食材，点燃炉子，然后他像一名船长，熟练地操作舵盘，一手抽动风箱，一手转动着炉子，红色的火苗跳跃着，特别愉快。我最想参与的就是这个环节，梦想着能拉动几下风箱，或者摇动一下手柄。时候一到，大爷吆喝一声，提醒我们捂住耳朵，“砰”的一声巨响，白花花的米粒倾泄而出。

外婆带我去做衣服，去的是街角的裁缝店。白色水蒸气热乎乎地冒着，滚烫的熨斗像是怪兽，让我不敢上前，除此之外对于裁缝店都是美好的记忆。老裁缝脖子上挂着卷尺，手臂上带着一对套袖，手里端着一个茶杯，神情很是惬意。选布料的时候也让人开心，手摸上去感受贴肤之亲，想象着未来成衣的样子，充满期待。没过多久，很多人都跑去百货大楼购买现成的衣服，外婆也去，找裁缝做衣服的人少了，然而到了要穿旗袍的时候，还是会去找裁缝。

童年里的很多物品都是由手工匠人制造，那些生产过程就铺在我们眼皮底下，开花结果，清晰可见。我以为这些都是人间面目，可等外公家的四合院被铲平了，井被填死，护城河水抽干，家家户户都搬进楼房，那些手艺人也如烟般消失得无影无踪。当时的我年纪太轻，生活立刻被更多新鲜事物填充，迅速忘记了这些憨拙的手艺人们，仿若无情流水。

直到2010年，我在繁华的都市生活中竟然开始怀念起那些稠厚的情感，那些用双手参与换来的心安和坚定，记忆里揉合着气味、触感和味觉。观察和记录手艺人的生活，让我的人生状态也发生了改变，对万事万物有了新的理解。

我的第一本书卖得不错，可我从来不觉得已将写字作为重要事业，自觉写的都是一些小激灵，不值得一提。记录手艺人，一开始是源于闲心，所谓闲心，就是没有逼迫，从内心自然流淌出的心愿。受到北岛老师的启发和鼓励，我决心坚持不懈地写下去，让写字成为自己的一门手艺，再也不敢投机取巧。感谢手艺人们的信任，让我走进他们的工作室和生活，愿意对我敞开心扉，甚至常常有一些瞬间，我感受到我们的肺肝相示。

在手艺里，人生都很慢，一辈子只做好这一件事。没有谁知道自己能活多久，多活一天，就能多做一天自己喜欢的事。因为有一门专注的手艺，才不会为时间的消逝而愤怒，时间的作用是产生化学反应，为手艺加冕。人本来就是这么地简单，很小的事情，用生命去投入，就会有价值。不只是谋生，更是人生价值的追索。

这个世界上，有人从事创造性工作，有人只是享用。

手艺人出现在你的生命里，并非以个体的形式，他们的作品决定了你生活的质地，我们或许不可能看见或认识他们，但却享受着他们带来的好处。记录本身就是意义，有些手艺人我直接用了他们的真名，他们的名字是具有个人印记和性格的，是朴素的愿望，蓄积了历史。有些手艺人代表的是千万个跟他一样平凡的人，也是最有生产力和生命意志的人。

他们有些是旧时代传承下来的手艺人，做着与社会脱轨的工作；有些是新时代的手艺人，更接近于设计师甚至艺术家；有的是跟我同时代或者年纪更轻的匠人，他们没有活在朝九晚五的固定模式里。有人拙，有人痴，有人运用各式各样的技巧，有些以手艺为生，有些则把手艺作为生命的调剂，抵抗这个时代的仓促，消减这个时代的无力感。

手艺人做事规规矩矩，天真无邪。双手造物，看似不合时宜，却最迫切需要。也许结果并没有那么重要，这个过程留给我们的是一种专注、愉悦的状态。手艺人是一种群体。只是这个群体无比特殊，幸福感极强。在这个群体中，人为了一门手艺打磨一辈子，至死方休。世界之大，选择之多，只委身了之一。到头来，他们这一生是不会竹篮打水一场空的，他们在虚无的人生中找到了意义，不迷失方向，不会为生计所苦，却会为无法登峰造极而不甘心。

尽管他们都在竭尽全力地呈现最好的技艺，但任何时候，技巧都不是最重要的。它是润物细无声的东西，是承托情感的无形之手。如果我们见到他们的作品感到震撼和感动，那么他们便不需要解释这其中的一道道工序，可我又不舍得忽略这其中他们的付出和努力。但我相信，最高的技巧就是看不出技巧，或者说技巧都含在了作品之中。

无论是什么，不必拘牵于贵贱，哪怕是最不起眼的普通物品，一切在善用者手里，都有了灵魂。那些打动我们的，不是能做出如何巧夺天工的物件，而是手艺人深刻理解材质的本性，顺意而为。

他们的手艺虽然毫无关联，却又息息相通。他们要专注于手艺，同时要有手艺之外的东西，这些让他们与众不同，也是令我无比着迷的地方。

他们是庄子所说的津人操舟，耐得住枯燥和重复，才换来技艺的出神入化。他们从不省略，不做减法，不怕重复。他们是要有一些我行我素的个性，甚至是一厢情愿，才能避开纷扰，抵挡诱惑，舍弃过多而毫无必要的欲望，并怀有一颗偷着乐的心。

快速生产带来了乏味的产品，可我们不能预言每一门手艺的命运。改变的并非我们的生活方式，而是我们的心，都要以失去作为代价。在诚实的手艺面前，技术都无差了，更不用期待尚未发明的伎俩。

在写这本书的过程中，我深深感到自己的渺小。我本非一个民俗研究者，也并非手艺技术的采集人，记录手艺人的人生也许更接近自己的初衷和本意。在每门手艺中，我能感觉到每个手艺人对这个世界最深情的表达。如果写字真的可以成为我的手艺，我希望这门手艺能记录下他们的故事，若能带给人感动和思考，那么我就是尽责了。

慢是一种修行

诸般不美好皆可温柔对待

目录

平凡之中，方见天地

从心底发出的热爱才有效

让心安定下来的力量

把时间浪费在最美好的事情上

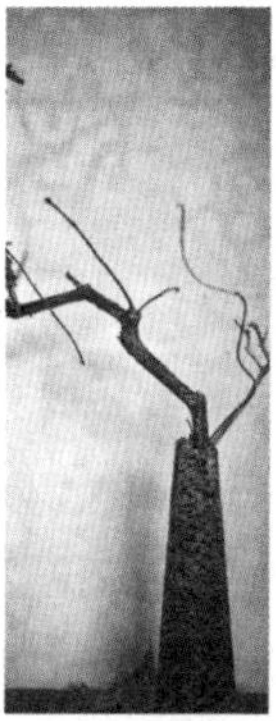

不能漏掉一针的人生

这个世界无论多么喧哗，

一定有人还在专注地、

默默地做着自己喜爱的东西。

做一件细致入微的事情，安静生活、寂静思考。

平凡之中，
方见天地

手艺是一种让我们
重新把握生命的方法
因为它们的存在
让城市有了诗意和温度

再也听不得二胡如泣如诉之声

舅舅算不上真正的手艺人。他二胡拉得好，对琴的细节要求高，对市面上卖的琴不满意，就自己做琴，无师自通，偶尔也会给别人做，渐渐也成了做二胡的行家。查出肝癌的时候，舅舅才 47 岁，单位给他放了长假，停薪留职，在医院住了一段时间，情况转好，回家静养。舅舅没了工作，也没了原先配给他的车，倒是有了大把时间可以拉琴、做琴。

舅舅生性内向，平日不喜欢流露情感，只有在拉琴的时候，眯上眼睛，嘴角上扬，跟着节奏摇头晃脑，手腕舞动，很是陶醉。过去每年春节，他都要在外公家给我们表演，用激昂的音乐代替了说漂亮的吉祥话。静养的日子里，他反而不喜欢在家拉琴，常常晚上去公园的小山丘上坐着，孤零零的，舅妈有时去寻他，在背后听完曲子，回来说，声音不一样，没以前喜庆了。两个人生活久了，只闻其声，便能神会。

为什么舅舅喜欢拉二胡，什么时候开始拉二胡，从来没有人告诉过我。舅舅年轻的时候响应国家的号召——上山下乡，他中断了学习，被分配到了胜利油田。胜利油田的气氛正热火朝天，志之所向，追赶大庆，大家都要扯着嗓子喊口号。舅舅口才一般，不喜欢当众讲话，但他一表人才，大眼睛大酒窝，斯文俊朗，更重要的是成为文工团里拉二胡的好手。那个时候没处买琴，就靠自己动手做。

不知道他在油田劳动的时候有没有吃太多苦头，可以肯定的是，他人缘好，回家之后，陆陆续续还有战友来找他叙旧。舅妈也是那个时候来外公家串门的，到了谈婚论嫁的年纪，她不像一般的姑娘等着介绍人安排相亲。听说舅舅一开始真没看上她，好像有别的心仪的人，是个性格内向的女孩，两个人都不善沟通，一直扭扭捏捏的。舅妈是家里的长女，从小主意大，脾气大，几个弟弟都怕她，一言不合就被她打，泼辣得很。有一次舅舅去外地出差，她没打招呼就坐火车追随而去，又跟他一起兴高采烈地回来。两个人没多久就结婚了，生了表哥。

我们家的长辈似乎有好为人师的嫌疑。外公书法好，每个小孩都要学毛笔字；舅舅二胡拉得好，就承担教每个小孩拉琴的责任，也给每个小孩发一把琴。我们最初都觉得摆弄二胡好玩，可开始学的时候美好的想法就破灭了。学二胡特别枯燥，一个指法得拉很多遍，还不像钢琴，至少每个键按下去是悦耳的，二胡的一个音阶要拉很久才能拉准、拉好听，光拉长弓，我就花了好几个月，才把音拉准。

一只手将弓从根部拉到尾部，另一手按弦，我们的小手细皮嫩肉，按弦久了特别疼，手指肚勒出一个条纹，又红又肿。所有的小孩都坚持不下去了，表哥考学，表弟迷上足球，表妹恃宠，只有我还在练习，倒不是因为热爱，是恰好每周末舅舅接我下作文课，送我回家之后顺便教拉琴，搬两把椅子坐下，琴立在左腿上，他一把，我一把，腰板儿挺直，架势做足。

他自己做的那把真是漂亮，不比不知道，首先重量就是我那把的两倍，质感也不同，他的琴杆锃亮，不是油漆刷出来的亮，而是手摸出来的亮，琴头如玉，有柔美的曲线；琴弓上的马尾毛雪白，均匀有光泽；音窗像苏州园林里的一扇镂空花窗，灵秀典雅。每次拉琴前，我们都要给马尾毛涂松香，松香像磨刀石一样握在手里，味道如森林的泥土芬芳。我特别喜欢上松香的过程，慢慢地拖着步骤，这样可以少练一会儿琴。我还有别的逃课高招，有时候舅舅送我回家，我就在路上装睡，那时还不是电梯房，他背我上楼，我趴在他的背上，感受到的是宽厚和温暖。舅舅会把我交接给爸妈，我自然逃过这一次的练习。

虽然根本没有想过要把琴学到什么程度，我却每次见到舅舅的二胡，都流露出情有独钟的表情，羡慕地一遍又一遍地摸舅舅的琴。他承诺，只要我学会拉《战马奔腾》，就再给我做一把足够美的琴。

我问：“那是用什么木头？”

他说：“用紫檀，跟我这把一样。”

我又问：“琴皮呢？”

他说：“用最好看的蟒皮，没上过色的。”

我满意地说：“拉钩。”

他说：“拉钩。”

我相信舅舅不会食言。因为不乏二胡爱好者请他做琴，他从不轻易答应，但只要是答应了，就一定会兑现承诺。

每次拉完琴，舅舅都要在客厅和妈妈聊天，我在房间里写作业。舅舅走后，我看到茶几上的烟灰缸被插满烟屁股，烟还没有完全散去，不知道他为什么这么惆怅。长大才慢慢了解一些家里的事，舅舅是家里的长子，好像总有愁不完的事，忙完单位的，忙全家的，回到家还常常要跟舅妈怄气。他俩性格很不一样，舅舅喜静，舅妈喜动；舅舅寡言，舅妈刀子嘴。性格不同竟不能互补，舅舅这个闷葫芦常常惹恼舅妈。有了矛盾，舅妈喜欢大闹一场，该发泄的都发泄，闹完雨过天晴，舅舅总是生闷气，最多瞪瞪眼，也不发作，有时气鼓鼓地来我家，一晚上把烟灰缸塞满才走。

舅舅生病后，不能劳累，与琴为伴。舅妈也变得比往昔都要温柔，负责他的起居，时不时带一些所谓的偏方回来，熬一锅苦涩的中药。那时的我正处于学业最繁忙的时候，偶尔见到

用现世的心做传统的事，
把传统的物用现代的手法来诠释。

舅舅，也不再学琴，《战马奔腾》始终也没能完整拉下来，二胡被放在琴盒里收了起来，琴盒上落了一层灰。他只是叮嘱我别太大压力，尽力而为。在家赋闲，百无聊赖，他用做琴打发时间，告诉我，已经在给我做琴，只是进度很慢，要先把外人的承诺履行，才能轮到我。

按照医生叮嘱，舅舅隔三岔五回医院复查，一年后病情恶化，又重新住进了医院。他跟我说，医院乏味极了，你把我的二胡拿来。二胡拿来了，他怕扰人，拎着琴去外面晒太阳，坐下一拉，竟成一景，不少穿着病号服的人棋也不下了，也不抠指甲了，围过来聆听、喝彩。舅舅的二胡，成为病友们无趣生活中的一点乐趣。

他还不满足，跟我说："你悄悄地把我做琴的工具带来。"

我说："医生能同意吗？"

他说："我不能天天干躺着。"

我想，他有个寄托也挺好。

我刚要起身出发，他又说："舅舅这次住进来，恐怕是走不了了。"

这话让我头皮发麻，一时竟不知道说什么可以安慰他，我还是太稚嫩，连表演也不会，本能地闪躲，赶紧跑去他家。走进他的房间，我看见挂在墙上的二胡琴架，拉开抽屉，看到他收藏的蟒皮，鳞大皮厚。我席卷了一袋子的东西，坐公交车回医院。

回来的时候，舅舅已经睡着了，手上插着针管，头上吊着药水，以前挺魁梧的一个人，看上去头大身子小。病房里住着的都是跟舅舅差不多病情等级的人，没有人的表情是轻松的，没有人有发自内心的快乐，即便是微笑看着我打招呼，那嘴角都像挂着铅块。人只要生了癌，就像被怪兽咬伤过一样，无论做什么都携带着伤口，根本不能愈合。

大一放暑假的时候，我有更多的时间来陪舅舅，一见到我，他特别开心，告诉我，二胡做好了，就等着见面了。我接过二胡，同时被舅舅的脸吓了一跳。他的脸是蜡黄色的，整个人像被抽干了，皮包骨头。如果放在大街上，我完全认不出是他，因为太瘦，眼睛显得更大了，眼窝深陷下去。面对自己至亲的人，我竟然有点害怕，不敢看他。

来医院看舅舅的人突然多了起来，他躺在床上，随时等待被人参观，连以前老街坊、老领导也来了。表哥的女朋友来过一次就再也不来了，她的父母不想让女儿嫁给生癌的家庭，两个人就断了。来的访客们总是说着一些吉利的话，还会说“等你好了，给我拉琴。”“等你给我做把二胡，赶紧养病啊。”出了门，就会叹息，摇头，还有个神神叨叨的老街坊，出来说看到了已故的外婆来接舅舅走。

癌细胞已扩散全身，虽然大家都瞒住实情，但舅舅肯定察觉到自己大限已至。有个哥们来看他的时候，他负气地说，“不就是一死嘛。”他很少说这样丧气的话，但那句我听到了，舅舅作为男人的尊严都在这句话里了。他每天像个没有灵魂的物品一样，被医生们不停地摆弄着，身体每况愈下，简直就是股票的跌停板。我每次去都看到更糟糕的状况：这次来，他眼白已经泛黄了，下次来他便血，再来他不能进食了……他从来没要过东西吃，突然说想吃猕猴桃，我立刻哭着跑出去买，擦干眼泪回到病房。他已经禁食几天，水也不能喝，嘴唇如干树皮，我只能用棉签浸了猕猴桃的汁液涂在他嘴唇上，他急得直用舌头舔。

有一天早上，我起床后发现家里一个人也没有，接到妈妈的电话，她说你赶紧来医院，你舅舅快不行了。我赶到医院的时候，舅舅正躺在急救室，医生让我们进去见他最后一面，舅妈一进去，摸着舅舅的脚，发现是冰冷的，破口大骂，“为什么没人给我爱人盖脚，没人发现脚是凉的吗？”她骂骂咧咧地拿来毯子裹住舅舅的脚，像个无理取闹的小孩。

医生问舅舅叫什么名字，他迷糊了，竟说出了自己的乳名“祥子”。再问，就没了声音，心脏停止了跳动，医生围上来在他胸腔电击。我们已经泣不成声，一边哭一边各自喊着他，表哥喊爸爸，妈妈喊哥哥，我喊舅舅，舅妈喊老公，在抢救的年轻女护士也跟着我们哭，有个医生这才想起把我们赶到外面去。那是我这辈子离死神最近的一次。从那之后，我相信灵魂是有重量的，因为每次舅舅的身体因电击弹起的时候，我看到他的身体一次比一次轻盈，灵魂正被抽走，没有谁可以阻止。

火化舅舅的那天，根据习俗，要在火葬场外面的地方做祭祀，磕头，烧纸钱，还要焚烧舅舅可能在阴间会用到的一切物品。老人说，不把东西烧全了，去世的人会给活人托梦来要的。我怀里抱着舅舅生前最喜欢的那把二胡，那把他亲手做的最满意的作品，跟在捧着遗像的表哥后面。

舅妈说，你把二胡丢进火里吧，你舅到了那边还要用呢。

那把琴真沉，琴弓挂在琴轴上，我脸贴着它，闻到琴弦上的松香，想着舅舅生前没少护理它。那把琴真是光滑，虽是木却像贝母，可以想见舅舅生前抚摸了它多少次。我舍不得松手，抱住琴就好像抱着舅舅。舅妈说，丢进火里吧，让它去另一个世界陪你舅。

此后，我再不碰二胡。我很少梦见舅舅，老人说是因为他疼我，才不来打扰。即使他出现在梦里，也从来没有跟我要过东西。舅舅去世的时候只有 50 岁，白驹过隙，也许某一天我就会跟他一个岁数。随着阅历，我也能体会人生的种种，或喜或悲，心态渐如拉弓平稳，但再也听不得二胡如泣如诉之声。

相伴很久的理发师

城市里有一种人，他们与我们并非频繁相见，却又有着肌肤相亲的关系，在某个方面，甚至比我们更了解我们自己。比如，理发师。相熟的理发师，他清楚地掌握我们的发量、质地、色泽，掌握着我们外貌的变化，继而间接地了解我们的人生轨迹。

从梦凡的家走出来的一刻，身旁的人对我说，他真是一个怪人。

何出此言？

喜欢狗的是愿意被依赖的人，喜欢猫的是愿意付出的人，是施与受的不同，可哪有人既养猫又养狗的？梦凡是一个与众不同的人，也是个与众不同的理发师。他的家便是他的发廊，在上海最繁华的地段，一栋平凡的居民楼里。每次来之前，我都要先打电话询问他是否在家，在小区里转上一圈找到电梯。

推开房门，大部分时间可以看到已有客人在，有的坐在沙发上，有的坐在电脑前，有的头上接满了烫发的电线行动不便。电视、电脑、收音机很有可能同时开着，加上人们的聊天声，陷入一种人声鼎沸的假象中。梦凡养了一只狗，还养了一只白猫，白猫蹑手蹑脚地行走，狗就在后面恐吓，时而做出要咬猫大腿的凶相，看到这一幕，我总是很诧异，难道不应该是猫制服狗才是自然规律吗？站在梦凡家阳台上望出去，霓虹灯闪烁，脚下车水马龙，有万丈红尘的感觉，让人摇摇欲坠。

尽管有人在分享八卦，有人在上网，有人在抱着自己的手机，但大家来这里找梦凡只有一个目的，就是剪头发。上海大大小小发廊加上连锁机构多如牛毛，为何都挤在这间民居里，老老少少，有人还拖家带口的，带着母亲来烫发。像我这样的，10 年前就是梦凡客人的不在少数，一路相望，简直见证了人生的各种变化。那个时候他是一个有个性的发型师，身材修长，手指也长，留着长发，还染成了黄色，时而编成大麻花辫，时而梳个高高的马尾，形象非常张扬。

10 年前，他的性格也很乖张，年轻气盛，有些愤世嫉俗，常常对不满意的事物发表评论，很容易被人记住有这么个人。理发是门营生的手艺，谁不是以客人满意为重，最好再多推销几个项目，没听说过理发师还挑客人的。我亲眼所见，梦凡竟然将我一女同学拒之门外，用他带有浓厚东北口音的普通话说，

“对不起，俺家不做您的生意。”每个字都吐得清晰饱满，每个字如一把飞刀。

这位女同学掩面而出，天之骄子的人生第一个重创就此发生，回到寝室哭了好几天。她跑走后，气氛极度尴尬，大家沉默了许久后，都觉得梦凡太直接，太不留情面，他却有自己的理由，“她这么多要求，又不能认同我的理念，做出来即使我满意，也不是她想要的，何必到最后才不开心。”这么容易得罪人的行为方式，非但没有减少客人，反而让生意越来越好，知道他耿直的人会更加喜欢他，不喜欢的自然也不会靠近。

后来攒够了钱，他便自己当上了老板，租了门面，雇用了伙计，看上去很体面。很多理发师的梦想应该如此吧，自己主宰自己的命运，还主宰别人的命运。但他很快就体会到了当老板的痛苦，当理发师是手艺人，只用专心做好发型，当老板不但不能控制客人们的发型走向，也不能将钱轻轻松松装进自己的口袋。从收到一笔账目开始，人力成本、物料成本、员工诚实度都成为决定是否能拿到最后这笔费用的决定因素。虽说水至清则无鱼，他尽量对伙计们在财务上睁一只眼，闭一只眼，后来发现自己的财务管理还是成了很大问题。

关了发廊，梦凡又变回简简单单的手艺人，不用为那么多人和事担忧。他索性就在家里办公，客人都是尾随而来的。房间里的设备不多，却应有尽有。一面落地镜，一把旋转椅，储物架上放着各种烫发和染发工具。新客人都是通过口口相传而来，第一次的理发过程尤为重要，直接决定了日后是否还会再相见。于是，他总要跟客人聊上一会儿，大概了解客人的职业属性、性格特征、预期效果。他记性很好，面对下回再来的客人基本都能记住对方的喜好。

每次剪完发，他也不接钱，指一下架子上的木箱说：“扔里面就行。”转身就去忙别的了。相熟的客人，他连价钱也不开，“看着给吧。”若是他觉得给多了，定会还回来。

要说他手艺的特别之处，我倒不觉有太多变化，发挥稳定。他似乎有意保持着惯常的做法，从不炫技，也不会推荐客人太贵的烫发，价格非常公道。他自己早就剪去了一头刺眼的长发，他去那些贵的理发店剪，目的是抱着学习或者观察的态度，看看同行们的状态和信息。有时他剪完头回来，摇着脑袋说：“唉，都是些花头。”那一刻，他看上去身上倒是少了乖戾，像个出师已久的老师傅。

说他有老师傅的心态又特别不公平，他虽然专注在当理发师的状态里，又不喜欢太庸常太无聊的人生。电视台举办的主持人选秀大赛，谁也没想到他竟然会去报名参加，就靠着他带着东北口音的普通话，耿直到恐怖的性格，杀出了海选。晋级

50强后被淘汰了，站在舞台上，还被一名小有名气的评委一顿数落，嘲笑他的自不量力和带着大碴子味的普通话，他倒也不觉得难堪。

小段时间里，他偶尔走在街上也被认出来过，他的客人们也喜欢让他谈这段往事，讲自己上电视的心得，考官面前的各种机警，沉着应对各种问题，毕竟也是阅人无数的人嘛。他讲到自己被数落的最后经历，也不尴尬也不难过，好像是在讲一个跟自己没有关系的笑话，得意回顾，客人们都笑了，他便满足了。

隔段时间，这件选秀的事情他都不再提及，大家也慢慢淡忘了。梦凡时不时给自己放个小假，回趟老家或者出去旅行，再回来跟人分享的又都是些新内容了。只要他回来，屋子里仍然充满欢声笑语，客人们一边交换着发型心得，一边交换着自己人生的欣喜和忧伤。全部忙完，他便可以摸摸自己的狗和猫，跟它们玩上一阵了。

如果你执意要有这么一位相伴的理发师，生活、遭遇、身世一定会悄悄被记录。别忘了，理发师掌握着我们外貌的变化，继而间接地了解我们的人生轨迹。他的家也是他的发廊，真像这大时代里的小画面，流动的、不知疲倦的、未知的小画面。

老鞋匠

我的靴子跟坏了，送去老鞋匠那里修。鞋子回来的时候，两个前脚掌底部的外侧都被粘上了皮子，纳闷“我这没坏啊？”老鞋匠这才抬起头，“你走路肯定用力不均，鞋底磨歪了，我给你调整过来了。”鞋底被粘得平平整整，边缘一看就知道是被打磨过了，是顺滑的。老鞋匠比自己还了解你的脚，你只能看到表面，他却能知道你是如何走路的。

我们这个街区的人都在老鞋匠那里修鞋。他的修鞋铺跟一般修鞋摊不一样，不用在外面风餐露宿，而是在菜场的外圈铺子上租了一个摊位，门脸也极小。菜场里面卖五谷杂粮，卖水产鸡鸭，菜场外面卖甜点熟肉，也有杂货，唯独没有做修补生意的。客流量极大，需求也多，都是这附近的居民。老鞋匠也不像其他修鞋师傅那样什么活都接，皮包给他，他是不要的，雨伞给他，他也是要退回去的，嘴里嘟囔着“修伞做不来的。”

老鞋匠原本是已经退休了的，在家享清福，老伴儿去世后，一儿一女轮着番接他去住。他却觉得别扭。他心里知道，孩子毕竟有了自己的家庭，自己是累赘。他要回去了，自己一个人又孤寂，不如找点事情做。别的也不会，还是重操旧业，让孩子们给租了这个小门脸，给人修鞋。

年轻的时候，鞋匠在上海皮鞋厂上班，是国有制单位的正式员工，意气风发的青年，还没有谈过恋爱。经人介绍，认识了纺织厂上班的一位姑娘，要看单位，他们是门当户对的一对。两个人都是初恋。姑娘家却觉得姑娘多少是短视的，应该找个条件高于自己的，而不是相当的。就像当年姑娘读中学的时候，受到“上山下乡”的鼓舞，就不顾家里反对去了农村，走的时候兴高采烈。不料半年，就粗着脖子回来了。原来是得了甲状腺炎，只能回来养病，为此没少受母亲的数落。还好因祸得福，她被分配进了纺织厂，捧上了“铁饭碗”，多令人羡慕的一份工作。

鞋匠去纺织厂接姑娘下班，看到她穿着白色的制服，头发别在耳朵后面，真是好看。晚饭后，鞋匠推着自行车，他们一边聊天一边走路，从外滩走起，一路聊得开心，竟然走回了徐家汇，发现天明了。鞋匠被带回家见姑娘的父母，倒是个懂事的人，给爸妈各带了一双皮鞋，头层牛皮，牛筋底，透气耐穿，都是当时上等的尖货。姑娘的爸妈高兴得合不拢嘴。鞋匠娶了姑娘，大家都说他们是般配的一对。

后来鞋匠下岗了，想要找工作一直没有头绪，姑娘的父母也帮着张罗起来。只是姑娘父母找的工作，鞋匠不爱去，难免姑娘会落下埋怨。后来鞋匠下定决心还是干老本行，开鞋铺，最早卖的是皮鞋厂里的存货。后来干脆让妻子卖厂里的鞋，自己给客人量脚做鞋。

没想到生意好得出奇，很多人认准了他是皮鞋厂出来的师傅，让他做鞋。上海人认出身，你是老牌皮鞋厂出来的师傅，就是要比别的地方来的师傅可靠，眼光也要胜一筹。鞋匠只做纯皮的鞋，他跟一般的师傅做法不一样，给客人量脚定制鞋子模型时，会特意用纸板插入鞋内，以便留出一些空间，如此定制完后，穿在脚上才感觉更舒服。首先要将鞋帮打样定样，接着将剪好的鞋帮进行缝纫，然后再经过定型、钳帮、复底等多个工序，最后上光。一双皮鞋的价格不高，但制作大约需要两三天，质量是没话说的，不会出现商城里开胶脱线的情况。

商场里的皮鞋轻巧精致，款式新颖，没有人再买皮鞋厂的老款鞋子了。可是来找鞋匠做鞋的人还是络绎不绝，特别是很多年长的人，是穿不惯商品鞋的。也有很多长辈是为儿孙来做小皮鞋的。

鞋匠做的猪皮鞋垫也很受欢迎，除臭功能很好，之所以不用牛皮材质的鞋垫而选用猪皮鞋垫，是因为猪皮鞋垫毛孔大且透气性好，易于吸收散发脚底汗液。夏天穿塑料凉鞋是轻快，但还是皮凉鞋养脚，鞋匠做的皮凉鞋简单大方。到了冬天，他用纯羊毛作内填充，制成的冬季皮鞋既御寒又保暖。

他们的旧居地段不错，房子老是老，旧是旧，却能卖好价钱，于是卖了房子给儿子置办了新房。鞋匠年纪大了，眼睛也花了，成了老鞋匠。儿女也都有了自己的家庭，也算孝顺的孩子，就让他关掉铺子退了休。偶尔给孩子做一双鞋子，孩子有点嫌款式守旧了，也不好直说，就说不要做了，太麻烦了，买一双也不贵的。老鞋匠就真的不做了，做一双用的时间比以前也长很多了，只有老伴儿还在穿他的鞋子，是他最忠诚的客人。

给老伴儿做一双牛筋底的平底鞋，还要在鞋面上缝制个蝴蝶结。这个蝴蝶结也跟别人的不一样，是将皮子折出形状，中间缝实，最后整个立体地缝在鞋面上，蝴蝶结紧紧贴在鞋面，但与鞋面之间又有空隙，走路一点不碍事，但又有了灵气。老伴儿拿到鞋子时，倒有点害羞，一把年纪了，还穿一双有蝴蝶结的皮鞋。

老伴儿去世，对老鞋匠来说是个打击，不用说出口，头发一夜就白了。孩子给租了铺子，对他来说确实是一种安慰。人没有事做的时候，才老得格外快。修鞋有修鞋的规矩。老鞋匠给人修鞋，总要先戴上胸前挂着的老花镜，把鞋子举起来，离眼睛有一段距离，看看这鞋子的问题出在哪里，提些建议，有时候也不会为了修鞋而修，告诉客人这双鞋子不值得修，穿了伤脚，不怕客人生气。

他总强调质量要好，可什么是质量好，他没有一个概括，大概就是他常说的舒服、耐穿、真皮实跟、不掺假。一双鞋关系到走路，鞋子穿不好，是要腰酸、膝盖痛的。虽然他不能理解现在的潮流，也不懂什么叫设计，可老鞋匠的话总是很有道理。如果看见鞋子里塞的是纸，一向和蔼的老鞋匠是要忍不住高声两句的，做这种鞋子的人是坏了心眼儿的。

大多时候客人送来鞋子，老鞋匠会说："走吧，我知道了，明天来取就行了。"铺子里放着皮料、鞋底、鞋跟、白乳胶、黄胶、粘底的胶水、削皮机、打磨机、钳子、锤子、钉子……井井有条，老鞋匠做小事做得也认真，从不乱放工具。地上也看不到垃圾，他总是及时清理，如果铺子一脏，他心里就难受。老鞋匠从上班就套上皮围裙，总给人穿着很厚实的感觉，左右胳膊戴一副深蓝色的套袖，缝鞋子的时候，手真是有力气，那双手是糙的，长满老茧，但很宽厚。工作的时候，他的眼睛是亮的，能感受到他的快乐，是从来不说的快乐，他也很少笑。

看不见的隐患，老鞋匠也会主动帮客人检查，像医生那样。他把手伸入到皮鞋膛内探摸各处是否有影响穿用的缺陷，比如鞋垫是否一直垫到鞋头，不短也不长，再比如鞋里是否平整，是否有离钉尖和钉尾不平等的情况。鞋子交给老鞋匠，就可以放一百个心。鞋子修好，他一定会用绒布仔细擦拭一遍，最后打上鞋油，锃锃亮，还给客人的时候宛如一双刚出厂的新鞋。

这附近的人都在老鞋匠这里得到了好处，谁的鞋子坏了都在这得到了修补，谁的脚也就在这得到了照顾。收废品的人拖着破鞋在门前走过，也被老鞋匠叫过来，能缝就缝上，补不上的就把客人不要的鞋子修一下给他穿。一来二去，老鞋匠的人缘好起来，桌子上不时摆着隔壁家的桃酥，要不然就是炒货，还有让他带回去做饭的新鲜小菜，相互照应着过了许多时日。

混熟了的人，能听到老鞋匠自己讲过去在工厂里的趣事，说起自己曾经做过一双缝着蝴蝶结的皮鞋，真是精巧，现在是再也做不出了，只剩下修鞋的手艺。不知道是老鞋匠真的做不出了，还是没有人值得他再去做了。

日料意味着人生

我老说在北京是吃不到好的日料的。朋友不服气，把我带到然师傅那里。走进胡同里，看到一个小门脸儿，走进去即是。虽然之前订了位子，我却一定要坐在吧台，面对着师傅，看他们用洁净的手指劳作，时而有力，时而轻柔，摆弄着食材，是一种莫大享受。

面前这位有些圆润的师傅，头发极短，连寸头都算不上，穿着白色工作服，独当一面地忙碌着。一开始，我并不知道他就是这家店的老板，也不知道他就是朋友口中的然师傅，只是觉得他的气质超出店里其他人，很自信也很礼貌。

一直默默操作的然师傅，在听到我跟朋友对男女感情的热烈讨论后，竟然跟着开了口说：“那也不一定，当我第一次买了花送给要分手的女友后，她一直没有反应，后来我忍不住给她打了电话，问她收到了没有，她说收到了。可那一刻，她的声音好像是一个陌生人，我知道我们没有可能了。”若不是因为然师傅跟带我来的朋友已经相熟很久，是不会与我们聊天的。那一刻，四周寂静了，仿佛在悼念所有不可挽回的爱情。人们总是迫不及待地爱上别的人，开始新的生活，也有人需要改变生活轨迹才能进行自救。然师傅属于后者，这是我后来知道的。

然师傅不慌不忙地将一道一道菜做出，不断拿出新的小碟子，拿出新的食材，端上饱和度极高的菜。同样坐在吧台左边的客人是个卷发的女孩，她独自吃饭，喝了一点清酒，然后走了，很寂寞。包房里是一对年轻的男女，男孩很早订了房间，并准备了一份礼物藏在吧台，来的时候带了一把吉他。他们进了房间过了一会儿，男孩出来接过然师傅递过来的礼物，后来听到微弱的歌声，流行的带着民谣风的爱情歌曲，真是花了心思的年轻男孩，一个干净、热烈的年纪。

这一晚又是热闹狂欢的微博之夜，因为李云迪终于贴出了女朋友的照片，那照片上的场景正是然师傅家。我们因此拿然师傅打趣，可对于他来说，每天总要面对不同的客人，千人千面，来吃饭的客人无关身份，不管是谁都不会得到特殊的待遇。唯一一次让然师傅紧张的客人就是姜文，也是他唯一一次拍了照片。然师傅仍站在工作区域，对面坐着那个粗犷的男演员。

客人们纷纷走了，店里越来越安静，被他捏过的寿司还带着手的温度，喝着清酒，很容易让人想起过去的日子。能做出好吃的东西，经验至关重要，特别是做日料，都要有十年以上的经验才敢担当重任。然师傅竟然说自己小时候是个笨手笨脚的小孩，甚至小学的美术课都是勉强及格的。从事这个行业就是因为不爱读书，想尽快脱离老师和考试，于是在职高最热的20世纪90年代他选择了职高的烹饪专业。当时学的是中餐，说老实话，他一点都不爱这行，功课也很烂。快毕业的时候，北京开了日资酒店——长富宫饭店，日本新大谷的北京支店，然师傅就被稀里糊涂地招走了。他终于真正地脱离学校，踏入了日本料理这个在当时还是新兴餐饮类型的行业。

在从事日餐行业第六七个年头的时候，然师傅去了日本。当时确实刚结束一段恋情，但也不是全为它，主要是觉得日子找不到方向，想去国外碰碰运气。选择日本最开始就是因为自己有做日本菜的底子，感觉似乎去那边打工相对容易点，过去也听别人说那边有多苦，但他认为这帮人也是站着说的，也没死了呀！气盛的他不信有吃不了的苦，庆幸来了日本才对日料这行开窍，也随即萌发了以后自己拥有一家店的想法。

回国后，然师傅想再了解一下国内市场，就在当时北京最火的一家经营日料餐饮的公司就职。干了4年后有了信心，下定决心辞了职。辞职后才发现，原来找房子开店这事并不像想象的那样容易。前前后后找了 1 年的时间，直到女儿出生后，他感觉是托她的福，在胡同里找到了心目中理想的房子，一间 40 平米格局不错的小屋。在漫长的找房过程中，让他能够坚持的信念是妻子始终的支持，还有他想对自己从业十几年的青春做一个交代。不管能不能成功，都要有个开始。

也就是他步入这个行业的第 16 个年头，他梦想中属于自己的小店开业了，他开始了老板兼厨子的经营之路。每天早晨，然师傅都会先去麦当劳买一杯咖啡，然后呼吸着清凉的空气去海鲜市场进货。最开心的一刻莫过于买到了便宜、新鲜、合乎规格的鱼，像捡到了宝贝。回到店里加工，用他最心爱的生鱼刀，直到晚上开门迎客。

他最爱的事情还是做寿司，做寿司又是最难的事情，只可意会不可言传。每做一块寿司，他都要小心翼翼地去对待鱼片的大小薄厚适中，寿司米饭与寿司醋融合的比例，寿司醋的酸度与味道，米的软硬强度，握制时的力度，动作的美感与速度，寿司饭团和鱼片及山葵在一起后味道的平衡感。然师傅说，饱满的寿司饭团和鲜鱼相交的一瞬间，好像爱人相互依贴化为一体的感觉，太奇妙了。

刚开业的时候，正赶上日本核泄漏事件的爆发，形势不太乐观。然师傅为了宣传自己的店开了微博，一位以前的老客人在微博上看到了，就带全家人来这里吃饭。那天外面下着雨，虽然只有这么一桌客人，冷清的店里却顿时热闹了起来。然师傅从前到后做了整个一餐所有的菜，客人对他的手艺非常欣赏，之后便不断带客人来捧场。现在的一些老客人基本都和他有着直接或间接的关系。如果每个人生命中都会遇到一个贵人的话，这位客人就是然师傅的贵人。当然这几年下来，然师傅也跟很多吃货朋友成了朋友。食物是情感的连接，口、胃、心是不可分家的。宁财神来过两次后，就请然师傅出去吃饭，简直让他受宠若惊。他隔三岔五也会收到客人们的小礼物，即使出国玩几天也会给他带些土特产回来。他深感他们对自己的厚爱，也只有努力做好菜来回报感恩。

记得有一次，来了一帮日本客人，他们是从上海出差来北京时顺便来这里吃饭。在他们吃完出门时，其中的一位中年日本男子握着然师傅的手激动地说："我吃得非常感动，甚至是在日本你做的寿司也是非常高水准的，以后会常来。"起初，然师傅以为这是日本人一贯的客套，没想到他后来只要来北京就会带人来捧场，还一直不断地跟身旁的人说然师傅是中国第一会做日料的人。无论如何，能被人承认的感觉真好。

然师傅对手艺有自己的理解，他觉得手艺就是个熟练工种，如果你从事了同一个行业十几年，肯定会掌握它的技能，关键是能坚持下来的人不多。技术是一个熟练的过程。每天都会做同一件事情的话，即使它枯燥、辛苦，你也会用身体去自然记忆。但掌握了基本的技能之后，却又面临你对日料文化的理解、日本美学的取向等问题。这些就不是靠练习可以达到的了，要去理解和揣摩。

生意很好，很多人都会问然师傅会不会把生意做大，可对于他来说做个生意人并非初衷，太多的经营之事势必分散注意力，也并非他的兴趣所在。“在这行，干得越久，越感觉自己不行，需要再修业。北京人讲话，深了去了。”穷尽一生去打磨这门手艺，要用毕生的精力。

日本人老说，要用爱去做每一道菜，想来不无道理。然师傅靠这门手艺养家，换句话说，就是靠它来给家人提供生活来源、改变生活状况、给予家人幸福。那么他做日本料理的过程就是带着爱来工作的过程。更何况通过这门手艺得到了那么多客人的肯定与厚爱。然师傅希望能一直拥有热情和感恩，一直愉快地工作和生活下去，用这门手艺来实现自我的最大价值。日料对于然师傅来说，意味着人生。

面与旧时光

有些人的存在，是为了告诉我们一些极简单的真理。管家就是这样的人，他告诉我们，人活着真的不需要过多的欲望，纵然只是吃到了一碗用心做的热面，也可以感受到浓烈的爱意。管家做面，似乎是将军当士兵，有些大材小用，可他做到了极致，便成了一种隐喻，那就是最单纯的方式也是最难能可贵的方式，可以唤醒我们对万物情感不带杂质的初心模式。

管家心思敏感，了解他的人都知道。他是个最没有办法欺骗自己的嘴巴，也是最没有办法欺骗自己内心的人。

刚刚参加完中学同学聚会，心情有些难以名状。看着那些早已不再熟悉的面孔，仿佛掉入了一个记忆模糊的旋涡，很多人来打招呼却想不起过去的模样。大家讨论的是孩子的教育、理财投资，说的是闲话，处处又都是实际，都是各自人生里的大事。一言不发的管家，蓄着小胡子，穿着一身棉麻衣服，看上去有些神秘。被大家问起来，才发现他俨然是一个另类，大事没有多少，没有婚姻的束缚，没有金钱的羁绊，活得自由自在，非常潇洒。若真的要分享些什么，来满足这么多年大家对他的好奇心，倒是可以说说管家做面。

成为手艺人之前，管家原本是一家设计公司的老板，谁也想不到，做面条却做出了一番名堂。到底管家做的面条有多么传奇？倒有不少温情的小故事。有个老婆婆，患上老年痴呆，对很多事情失去兴趣，总是很冷淡。有次在广播里听到介绍管家做的面条很好吃，就跟外孙子念叨想吃这面。管家毕竟不是商人，没有大张旗鼓地做生意，外孙还是费了一番周折，托朋友帮忙才买到，给外婆做了一碗热腾腾的面。

有一位在加拿大的网友，通过网络订了管家的面，送给远在上海的母亲，送面的那天是母亲的生日，想让她吃上一碗口感正宗的长寿面。每个人吃管家的面，都掺杂着各自的情感，但无一例外，都格外地隆重。

管家从小就喜欢吃面，也许是源于父亲对面的喜爱。父亲一到周末，都会带他去老半斋吃头汤面。每次生日，妈妈会为他煮生日面，还一定会在上面加一个荷包蛋。就这一个细小的举动，都让人感受到朴素的快乐。

母亲不喜欢求人，凡事要自己动手做。父亲是园艺师，做饭远近闻名，街坊邻里只要有人家要结婚，必要请父亲去掌勺。念及小时候吃面的味道，那份劲道永远难忘。小时候家里做面，看着爸妈将鸡蛋加入面粉和成面团，揉好的面团盖上潮湿的纱布晾一会儿，然后再加入少量面粉，用力揉面团，越有力，面越劲道。每次做面都要当天吃掉，做多了也没关系，送给街坊邻居。过去大家都没有现在富足，食物珍贵，还总是分享，却是件再正常不过的事。

自己照顾自己，一年365天有300天以上，管家把面作为早餐，吃一碗面再出门工作，从胃里开始到整个人都暖暖的。他是一个对生活品质要求高的人，慢慢对外面买回来的面口感不适，便下决心自己做面。回忆父母做手擀面的步骤，吃的碱水面做起来肯定得花时间，现在10分钟做出来的面，过去得用1个小时。

年少的时候，我们喜欢光鲜的事物，吃面也喜欢洋派一些的做法，不过是填饱肚皮的例行公务。毕竟肚子里长了一个中国胃，吃来吃去还是钟情于手擀面，好像刘姥姥逛完了大观园，还是觉得自己的陋室坚固踏实。管家说，很多东西不是只有味道，那是综合在一起的，可以让人想到以前的场景。我们怀念的是那个时光。

带着对旧时光的眷恋去做面，别人揉几道面，他要多加几道，像父母亲那样用心去揉面。管家用的材料是进口中筋粉、鸭蛋和水，完全不加味精或者防腐剂，看上去没什么神秘的。每次进了面粉，管家并不着急做，先要测试面粉的柔性和韧性，然后做出最合适的配比，这些最考验功力。面的配比及发酵，要靠手的感觉寻找那个对的时间点。“醒到那个时候，你摸得出来。有时候同一个牌子的面粉也会有差异，鸭蛋也有大有小，最后把关的就是手感。”

好吃劲道的碱水面需要花时间用心去做，而这往往是现代工厂做面没法做到的。管家做出来的面条果真不一样，根根分明，很有弹性，入口极有嚼劲。外面的面通常没有香味，可他的面冷藏几天后，打开包装还能闻到蛋与麦的香味。管家好客，也会邀朋友来家里吃。面的照片发在网上特别受欢迎。很多妈妈来要面，说给孩子吃，管家是不能拒绝了。原本做面只是满足自己的味蕾，可来索要的人太多了，管家只好认真对待起来。

难以拒绝，卖面一开始是个被动的事，零星着送面、发面实在耗人精力，管家又是个随性的人，不喜欢把乐趣变成任务。有朋友帮忙统计订单、商量订面细则，忙到深夜的时候，管家简直有了放弃的心。后来终于有了解决办法，在淘宝上拍下订单，交易数据自动生成，每个月只固定一天发货和取货，自己也能解脱。

到了发货的那一天，情景真是盛况空前。开车来的到了管家住的小区门口，问保安怎么走，保安就说："来取面条的吧？右边直走到头左拐。"坐地铁来的刚出地铁口，问一下怎么走，就有人说："哦，那个编着胡子的男人家。"还有人来上海出差，特意来取面的。

吃管家面的人，喜欢分享做面心得。有人说用管家的面能做出童年妈妈煮的味道，一碗爽滑弹牙的面条，配上细心熬制的葱油，看似简单，入口却是极大享受。管家对吃的讲究可谓到了极致，味觉敏锐，看他的厨房就会知道，一面墙的架子上摆满了各色瓶瓶罐罐的调料，光是酱油就能有十几种。别人旅行背纪念品，他背回来的都是调料。为了让大家吃到好吃的面，他自己熬制了葱油、辣肉、蟹粉、松茸油等，都是面最好的配料。

做面是什么？不是生意，也不是生计，是实实在在生活上的事。放弃思想，任凭感官去评论好吃还是不好吃，我们立刻便能感受到做面人的心思。面条是如此温和的食物。管家用它慰藉了自己，也不期然地慰藉了别人。

有次聚会，在管家的家中吃饭，看着他整整洁洁地炒菜、端饭、摆桌、盛汤，我突然想到，最简单的往往都是最难的，也许是只想把一碗白饭蒸好，也许是只想把一锅萝卜炖入味。人回到最简单的诉求，不渲染张扬出过多的欲望，自然容易满足感动。

金黄色的香气

田姨的面包店，曾经是我们大院人的禁区。

有年回家，途经小学，我想起附近的面包店，想起那曾让人着迷的香甜松软，想起那个做面包的田姨，曾经是这条街上的传奇女人，便开始疯狂地寻找这家店。马路已经拓宽了足足两倍，记忆中的店铺已经全部被替换成了连锁店。

我们大院是一个典型的学院和员工生活区的混合体。当年这样的单位有很多，员工住在工作地点附近，有食堂、体育场、医务室、托儿所、居委会，铸铁的栏杆把这块地圈起来，变成了一个小型的生态圈。

从小学到我家大院门，步行也就五分钟，可就在五分钟路程之内，文具店、五金店、杂货铺比邻而居。还记得有一天放学，刚踏上文化东路的路砖，就闻见一股浓郁的甜香，是之前没有遇到过的。原来一直被塑料布包裹的那家铺子开张了，我惊喜地发现这是家面包店，但是没有任何招牌，只是看到玻璃柜子里摆着金黄色的蛋糕。也许是正值开业的好日子，老板娘笑脸盈盈站在外面。那是我第一次见到田姨，心想阿姨真好看啊，不像其他炸糕店的阿姨，浑身油腻腻。她鹅蛋脸，柳叶眉，涂着红唇，还有蓝色眼影，额前挂着当时最时兴的波浪刘海，那是要专门去理发店才能烫出来的造型。

门前小板凳上坐着一个小女孩，两三岁左右，也穿着像田姨一样的鲜艳衣服，应该是她的女儿。

闻到那香气，每个人的肚子都咕噜噜地乱叫。她端出一个盘子，盘子上是切成块的鸡蛋糕，躬下身子，邀请大家尝尝。放学的队伍禁不住诱惑，迅速解体。孩子们放下手里的零食，哪怕有的小孩还捏着散发味精气味的干脆面，一起把盘子席卷而空。回到家，母亲正在做饭，我在一旁就开始绘声绘色地描述起新的面包店。吃饭的时候，母亲叮嘱我，不要去这家店。

母亲不是好事之人，没有对我多说，后来从各路零碎的交谈中，我开始明白为什么她不让我去面包店。对于我们大院的人来说，一个外省女人，跑来做生意，自己带着孩子，来路不明，也不见孩子父亲的踪影，非常可疑。而院子里的每个员工，大家相互之间知根知底，都有终生编制，即使是临时工，也大都沾亲带故，有迹可循。

20世纪90年代初，个体户也是那个时候兴起的职业。大院里有一个人放弃了编制，下海经商，成了我们那一栋楼最富的家庭，可大家都看不起他。田姨也是个体户，又加多了一层轻视。如今想想，他们那种对异己的厌恶里，藏着大院人的恐惧，对未知命运的害怕。每个人都希望有差不多的收入，模式化的生活，有人打破了它，意味着自己的安稳也有了风险。

隔了两条马路更中心的地段，突然多了一些娱乐场所，歌舞厅、录像厅、桑拿大浴室、卡拉OK吧……让一些先富起来的个体户们有了散发钱财的场所，滋养着寻欢作乐。但这些场所里面究竟发生着什么，我们这些小孩根本无法想象，但都知道那里进出着本市最花枝招展的漂亮阿姨。

父亲过生日，同事们非要帮他庆祝，这是我这辈子第一次走进卡拉OK包厢。写完作业我才能被允许短暂待会儿，姗姗来迟，大人们已经玩得有点兴奋，桌子上的矮脚香槟杯里装着可乐和雪碧，这是最低消费，但也比外面的罐装贵了三倍。蛋糕被送进来的时候，我意外发现后面站着的是田姨。我去洗手间的时候看到她又转身去了另一个包厢，里面醉酒的男人正在扯着嗓子大喊大叫，好似一个财大气粗的江湖大佬。她出来的时候脸涨得通红。

原来这就是她的发财之道，白天生意平平，夜晚这些场所里有着对甜食的巨大需求，价格也翻了几倍。田姨不耻亲自来送货，没有中间商赚差价。不知道为什么，那夜吃着田姨做的蛋糕，虽然甜，我却对她产生了一些厌恶，为了赚钱，谁知道她还能做些什么？有人在更多的声色犬马的场所见到田姨，她也就更声名狼藉了。

平淡的大院生活，总要有人承担“靶子”的角色，田姨为女人们提供了不伤及彼此的话题，是女人们共同的假想敌。她们竖起了自己道德的高地，私下关系就亲近了，互通着道听途说来的信息。在蜚短流长中，田姨的形象被越描越黑，什么不检点、坏女人的罪名都加在她身上，甚至传说她的面包里下了迷魂药，那些总去买她东西的人，都是鬼迷心窍。流言就像这条街上春天飘荡的柳絮，看似轻软无害，却见风就起浪，无孔不入，让人透不过气来。

就这样，我们大院的人都不去田姨的店，甚至都不愿意看一眼，生怕发生哪怕是视觉上的联系。只有不明“真相”的群众去买面包，还有心怀鬼胎的男人，那些一直就不给人正经相的男人，色胆都在秘密的眼神里流淌。我们本地人有个习惯，无论见到什么行业的工作人员都会喊老师，这个“老师”有别于学校教师，更像是喊师傅，后面拖着长长的儿话尾音，听上去像“老斯儿”，既有尊敬又平易近人。见到买菜的要问“老师，菜怎么卖？”公交车上要问司机“老师，下站是哪里？”可来田姨买面包的人，从来不喊她老师，她也不觉得自己被冒犯到。

田姨对自己的小事业充满热情，一开始她还没有深刻认识到本地人的敌意，只是以为我们不喜欢她做的口味，每次见到我们还是热情地招呼试吃，还告诉我们有了更多的味道，加了巧克力的，挤上奶油的，撒了杏仁的……她学会了本地人打招呼的方式，见到靠近的成年人，虔诚地说“老师，你要试试看刚出炉的这个点心吗？”作为新来驾到的个体户，她处处谨言慎行，努力融入当地。

那年暑假特别难忘，为了响应国家号召向本市交警学习，我们多了一项暑期作业，每个同大院的同学为一个小组，相互监督，在家熬绿豆汤送给交警。每个交警的执勤车上被我们塞上瓶瓶罐罐，里面装着我们在家熬制的绿豆汤，颜色深深浅浅，粗表心意。有一次小组又组织送绿豆汤，路过田姨店的时候，她把我们叫住，钻出店外，伸出几个纸袋，里面装着蓬松的鸡蛋糕，让我们一起送给交警。大家犹豫着，我一手接过，心想反正是做好事给交警吃。

真正感受到她的侠义心肠，源于一次我差点被拐卖的经历。那天中午的上学路上，我还挂着午睡的惺忪，迎面走来一位高大的解放军叔叔，军装笔挺，普通话标准得完全没有本地人口音：“小朋友，你能帮叔叔一个忙吗？”

我自然基于对这身军装的信任，停下脚步。

“你跟叔叔到车上，我给你做一个实验。”

“什么实验？”

“非常简单，就是在你面前晃动一些东西，你告诉我什么感觉。”

“你的车在哪里？”

“很近……”

田姨这个时候走出店，打断了我们的谈话，催促地说：“你还不赶紧去学校，就要迟到了。”说完把手放在我的肩膀上。

身穿制服的男人消失了。我那天下午百思不得其解。

放学回家，我一五一十地描述了这个插曲，竟把父母二人吓得脸色发青。我看到，母亲从抽屉里抽出两张主席像出门，回来的时候对父亲说，“她不肯收。”

那段时间，我还是自己背着书包上学，父亲却在三步开外悄悄尾随，数周平静才罢休，家中仍心有余悸。

田姨和我家的关系彻底破冰，母亲常常带我去光顾她的面包店，早饭的桌子上常常会有鸡蛋糕、豆沙面包。每次经过的时候，我放肆地大口吸气，将她店里传出的牛奶鸡蛋的香气吸入身体，再也没有负罪感。据我观察，很多大院的人其实也早已守不住防线，成为田姨的熟客。有时放学，看见田姨的店外还排起了小队。每天卖不掉的面包，田姨会分享给大院门口传达室的大爷、附近的小摊主、流浪汉等，不少人都得到了她的“糖衣炮弹”。

好景不长，田姨的店被砸了。没有人知道是谁的所作所为，我在围观人的腿缝之间，看见柜台的玻璃碎了一地，抽屉的锁被撬开了，里面丢失的是田姨还没来得及存入银行的现金。田姨正坐在门口抱着女儿哭，两个人哭声一大一小，大的是女儿咧开了喉咙，小的是田姨的啜泣。

她的身体像被撕开了一个口子，里面藏着的所有洪流都倾泻了出来，我断断续续听到她带着哭腔的痛诉，就像被祥林嫂附体。“为什么总有人跟我过不去啊……有人说我店里闹老鼠，我就养了一只猫……你们在背后说我，我也忍气吞声，但我从来没做过伤天害理的事，没想到受到这样的欺负……我没有求过人，现在唯一的依靠也没了……”我仿佛能闻到她的悲伤，像人们曾经偷偷泼在她门前的废水一样狼藉，像来路不明的流言 样艰涩。

面包店又被最初印象中的塑料纸围了起来。营生的工具被砸坏，田姨也好像彻底被挤垮了。没有人知道这家店还会不会经营下去？看不见田姨的那些日子，大家开始怀念她的笑脸相迎，没有了奶香气的文化东路变得死气沉沉，无精打采。有人猜测她带着女儿回老家了，也有人说她去了别的地方开店，还有人说她去相亲了……人就是这样，什么东西在的时候并不以为然，失去的时候记起万千种好，而且非常健忘，好似自己中间从来没有诋毁过她，好似从来没有散播过流言。

红色的鞭炮噼里啪啦地叫嚣着，扑朔迷离了半个月，面包店重新开张了，那些炮仗庆祝的是破旧立新。站在柜台后面收银的不再是田姨，而是一个寸头中年男人，带着腼腆的微笑。我正在惆怅店怎么易主了，淡淡蒸汽弥漫，见到田姨端着一盘子纸杯蛋糕跑出来，合不上嘴笑着，“我的新产品，来试试看。”每个蛋糕都精神饱满，我心想，原来田姨谈对象了。

“不是，这是孩她爸。”她对一些熟客解释说。

这个中年男人正是田姨的丈夫，她之所以离开老家，就是为了逃离他的“魔爪”。孩子父亲遇到工厂改革，两个人举债在本地开了一家面包店，生意不错，不但还上了借的钱，还有了盈余。相敬如宾的二人，在最落魄的时候情比金坚，反倒是手头宽裕后，孩子父亲染上了喝酒、赌博的恶习，回家甚至对田姨大打出手，肆意妄为。我甚至能想象出田姨抱着孩子在丈夫的暴力下发抖、啜泣，她一定是不堪重负才出走的。

在他们老家，主动与丈夫离婚，已是大逆不道之事，更没有哪个人家会接受带着小孩的单亲母亲，所以她才带着孩子来我们这里讨生活，更确切说是逃出来的。店选在这里，是因为看重这片学校集中，为了女儿上学方便。他独自生活才念起昔日种种的好，洗心革面，来寻求田姨的原谅。

本以为田姨会彻底切断过去，她还是心软，或者她原本就是属于旧体系里的人。他们一家就算在这里扎根了，大家都管他们叫“面包老师”，面包店也不像过去没有任何装饰，里面多加了温馨的吊灯，也装上了店名和灯箱，更加像模像样。

至于那次到底是谁把田姨的店砸了，仍没有水落石出，不过后来听说，就在夜总会最风生水起的时候，发生了一起流氓斗殴致命案，影响太坏，政府借此机会取缔了很多风月场。公安局发通告寻找证人来指认，那些坐台的小姐们无一不缄口，回老家避风头去了，田姨那段时间刚好晚上去送蛋糕，也熟知一些地头蛇和混混，别人躲还唯恐不及，她却大义凛然地去了公安局录口供。虽不知道这两件事之间是否有联系，但田姨在我们大院声威大震。

父母为了让我上重点初中搬了家，更多的故事我们已无法接收。直到小学毕业的时候，田姨的面包店都还开着。搁在现在，田姨做面包的手艺肯定没有竞争力了，如今已没有她的消息，我却心存幻想，每每路过冒着香气的面包店，都要伸着脖子看一眼。

如水澄净，一心湛然

遇到如一的时候，我正处于“不想人生就这样了”的焦灼中，她恰好也正为手艺不长进而担忧，某种意义上说，我们也算志同道合了吧，同命相怜的友谊分外坚固。

如一，是我认识的最年轻貌美的女匠人。可惜，“年轻”和“貌美”在手艺人的世界里，都不是加分项。年轻，意味着没有老匠人历经桑田的灵魂，也没有用衰老才换得到的登堂入室；貌美，就潜伏着滥用优势的危机、烽火戏诸侯的轻佻、恃宠而骄的嫌疑。

可我坚信，不是只有老匠人、老灵魂才值得礼赞，那些年轻的匠人身上有着新的气息，抵挡诱惑的决心，不畏世俗的孤勇，当然也要面对新的困境。

和如一交往这几年，我们一起感受到了时代的瞬息万变。

人们从最开始的对诗情画意的向往，变得越来越对美好的事物鄙夷，总怀疑“岁月静好”的后面藏着不堪的秘密，这些变化匪夷所思，却又在情理之中。几年前我那种记录匠人时的初恋般热情也渐渐降温，见识了不少货真价实的匠人，也见过打着幌子的商人，我变得越来越理性，小心分辨。

喜欢如一，首先，她生得是真漂亮。如一眼睛如汪泉，睫毛如蝴蝶翅膀，鼻子像雕刻出来的，小脸圆润，特别讨喜。其次，她山居岁月，与世无争。每次见到她，无不例外穿着看不出任何品牌的衣服，质地却很好，以棉麻为主。再有，她看上去那么柔软、灵秀的一个人，但骨子里倔强得很，不谄媚、不服输。她不轻易送自己做的产品给人，她做的东西很难抢到，好久之后我才得到一小罐她的精油，这倒不是因为她桀骜，是产量太低。

很多人一开始以为如一是个狠角色。大二的时候，她想着找个机会逼迫自己减肥，给自己报名“环球小姐选美”，没想到获得了“最佳才艺奖”，大出了一把风头。几家经纪公司蜂拥而至，想要把她签成自己的艺人，这听上去多像那些会经营自己的女孩的奋斗故事，不浪费青春和美貌，把握机会，爬上名利场的高山。经纪公司开出各种充满诱惑的条件，谈完就安排她和其他获奖的女孩一起见高管。现场气氛古怪，公司默认她们需要陪酒，酒杯递过来，如一的脸就涨红了。如一爽快地站起来，女孩们还以为她要来抢贴近老板的机会，有的还暧昧地拽拽男人的衣服，不料她麻溜儿地走人了。

经纪公司没签成，如一去当车模小赚了一笔，从此不用跟爸妈伸手要生活费了。没多久，她又遇到一个必须要陪着出去玩才肯付模特费用的品牌高管，好皮囊处处惹麻烦，如一心里彻底断了靠脸吃饭的捷径。

这份倔强从小就被爷爷种下，如一本名亦男，爷爷起的，寄望女孩子也要存有一份刚劲与果敢。爷爷是个老军人，外婆自幼研习中医，母亲是西医，父亲年轻的时候是足球运动员。父亲在亲友眼里也是个狠角色，当过一所学校的校长，在一次人事纷争中备受中伤。他不屑争执要辞职，家里的亲戚都来劝，在他们看来，这是那么好的差事，父亲一摆手就再也不回学校了。

大学毕业后，如一北漂了一段时间，做过网络编辑、行政助理。穿着佯装成熟的职业装，每天很早挤进地铁，看到一张张面无表情的脸，每个人都只盯着一小块手机屏幕。熬了一段时间，撞上过一个机会——从一名普通职员一跃升为政府事务部经理。一旦接受，无论经济状况，还是世俗标准上的认可，都会得到更好的提升。她却不知道为什么心里打了退堂鼓，因为并不真的喜欢这份工作，她去请教自己欣赏的一位女性上司，女上司只丢给她一句话："看你自己怎么选，要走捷径你就去。"

一句话让她想起大二那年相似的处境，前路看似繁花似锦，可对于寻找自我而言，都属于绕道而行，所有的患得患失的背后都是不够热爱，不够坚定，她信仰通过自己的双手脚踏实地地成长。

刚刚坚定了要靠自己在北京闯荡，如一又遇上了身体上的麻烦。她被查出腰椎间盘突出 6 毫米，剧烈疼痛时日太久，不得已辞职回家休养，并谋了份清闲的工作，然而那成了她最痛苦的岁月，常常躲起来哭。遇到“咸猪手”，碰上不公平待遇，她都没哭，不能找到自己真正想做的事却能把人打垮。

迷茫中，她想起小时候常常得到外婆的草药保护，有一回得了腮腺炎，外婆在后院挖了条泥鳅，和着一些草药泥土拌在一起敷脸上，第二天病就好了。病休中如一和外婆聊天，说起以前外婆给她治痘痘的药水，表现出浓厚的兴趣，外婆说你不如试试做这件事吧。听了外婆的话，如一隐约觉得这就是自己想做的事。

下定决心做手艺人，她给自己起了一个新名字“如一”，“如水澄净，一心湛然”是她的设定和期许。入门的产品是手工皂。皂从表面上看起来都是一样的，就跟人一样，表面上看不出来太多内心的东西。只有坚持使用的人才能感受到皂里面的功夫，而人也只有接触久了才能感受到其内在的个性，所谓“表里如一”。

如一把工作室开在成都一百公里外的山间，过上了闲云野鹤般的生活，推开门满眼绿色。清澈的湖水，漫山遍野的野艾草都是她的配方。她用一整年的时间来做浸泡油，一泡就是几十斤，等到来年才做皂。要做出最好的皂，需要了解几百种油，熟悉每一种植物的成分和生长，学习中医中药的药理，结合西医每一层皮肤的原理。

就是用这块皂，如一养活了自己，但也吃尽了苦头。为了开网店，她学会了摄影、修图、网页设计，自学了消费者心理学，学网店运营，学互联网思维，学团队管理。为了皂的最佳保温温度，她通宵守在保温箱旁，隔 1 个小时检查一次，连续通宵制作包装打包发货，除了发货还要当客服，6 秒内必回复客人的问题，洗澡睡觉都不敢开静音。

做皂必须要环保，手工皂接触水大约 24 小时后就会被细菌分解成水和二氧化碳，就算流入江河大海也不会对里面的生物造成威胁，这让她感到自己的劳作更有意义。

两年来她日夜不休和山林植物共处，最爱听每次灌溉植物时土地里发出的“滋滋”声，深深觉得植物的能量不可或缺，我们理应彼此善待。

我在英国见过如一一面，她刚刚去见完精油老师，坚持学习，要考国际芳疗师的认证。我嘲笑她说，手艺人还需要文凭啊。靠手艺人吃饭，学历不值得一提，一个厨师就算有博士学位，不好吃就不顶用。如一不食言，拿到两个资格证，她相信芳疗行业鱼龙混杂，但精油用错了会有致命性，她一定要有专业上的受训经验，和权威专业的认证。我感受到她的决心，如果不能成为专业人士，就是产品再受欢迎，受到再多赞美，她也不会开心。

老匠人时代里的薪火相传，总有一些含糊其辞的成分，如一想做的就是更精准地驾驭自己的手艺。在了解病人病症的情况下，通过专业的配方，帮助病人制定医治方案，其中用到的“药”，就是她手作的精油、基础油、纯露等。如一的存在，不只是为了满足人们对手艺人的美好想象，她还让飘渺的美好落到实处。

如一总强调身勤心安，双手的劳作令人踏实，这跟我们当下互联网化的供应链文化恰恰相反，舒适是人们的追求，我们身体各项技能正在退化，因为外界越来越便捷。在很多现代人眼里，勤劳是土气的，是愚笨的，是低效的。懒和丧，正成为一种新的虚荣，因为言下之意，我什么都不缺，更不用为之受苦，靠拥有更多的物质换取一点浅薄的优越感。

敢说自己喜欢劳动，这样的现代女孩可能都快绝种了。可劳动却真的给了人另一种解放，让人更加自由。我想起了毛姆的一段话："世界上只有少数人能够最终达到自己的理想。我们的生活很单纯、很简朴。我们并不野心勃勃，如果说我们也有骄傲的话，那是因为在想到通过双手获得的劳动成果时的骄傲。我们对别人既不嫉妒，更不怀恨。唉，我亲爱的先生，有人认为劳动的幸福是句空话，对我说来可不是这样。我深深感到这句话的重要意义。我是个很幸福的人。"

劳作间歇，她独坐在院子里，吃上一片甜瓜，这画面美得像宫崎骏的动画，看不到一丝生活的残酷。只有在全情劳动的时候，人才能体会到"衣沾不足惜，但使愿无违"。

后来我的家也搬到了郊区，有了自己的小院子，种了些简单的植物，眼前所见虽比不上她的广阔天地，也能感受到被自然滋养的好处。除完杂草起身的时候，我会想起如一，想象她走过山麓，穿过树林，晨风吹拂她的脸庞；想象她的院子里，繁花似锦，蜘蛛结网，鸟群起落，万物繁忙又心安理得。

你跟时间相视而坐，相处交流，

莫用力过猛，时间也有自尊。

在手艺人那里，

人生都很慢，

一辈子只做好一件事，

一生只爱一个人。

慢是一种修行

手艺是要把整个身心
都全情投入进去的。
最终作用到灵魂，
可能一生一世都修不完。

最后一家修笔店

最近一次修钢笔，是因为在巴黎二手市场上淘到两支古董钢笔，笔尖是 24K 金的。回来真打算用这笔写字，却发现出不了水。太久不用钢笔了，自己无从下手，又不想放弃，便在网上搜可以修笔的地方。少有的修笔师傅都躲在不为人知的巷子里，年纪很大，基本都处于退休状态，有一搭没一搭地帮帮忙，完全不能靠修笔糊口。

在北京的东四南大街上，竟然还存活着一家修笔店，差不多也是中国最后一家修笔店了，并且这家店是从 1962 年时开起来的，简直不可思议。如今街道上的商店，今天开了，明天就关了，赚不到钱的立刻就把店盘出去了，赚到钱的不是见好就收，就是野心勃勃地扩张生意。少有几家真正的百年老字号，那种私人的、个体的、一心一意的、能存活的就更少了。

第一次去张老先生的修笔店就吃了闭门羹，两扇木门紧闭，挂着一张牌子“休息”，下面是小字“3点营业”。木门中间嵌着玻璃，可以透过看到工作室，工作室面积不大，写字台、柜台摆放得错落有致。整个门都是木制的，店名是金色的大字写在深灰色的墙面上。门脸像嵌在灰色的砖头墙上，没有装防盗门，是那种普遍的铁质拉门。不做防盗的店铺现在真是不多见了，显得很不合群，同时透过玻璃看到的店有寡淡的味道，东西都是旧物，是过去的景象，像一杯冷茶，凉了反倒不怕人来喝。

这条街也是北京城里一条久远的街，没有太大张旗鼓地开发，侥幸地保留了一些老时光的味道。阳光透过树叶的间隙，筛选过一样洒落在门脸上，使老木门看上去更加有光泽了，像被打磨过一样，玻璃也反射着光斑。远处望出去，景象又大不同了，先是修笔店夹在一家化妆品店和一家时装屋的中间，显得最冷清，再远的就是琳琅满目、装潢光鲜的各种商店。这栋二十世纪二三十年代的房子，好像时光走神忘了带走的产物。可这一带做生意的人，没有人敢小瞧了张老师傅的店，就连这片儿的民警都能说出这里的来头。

只有新客人才会“扑空”。熟悉张老先生的人都知道他下午3点才开张。张老先生每天下午3点到5点工作，倒不是因为生意少而心灰意懒，而是因为他年纪大了，好歹也八十多岁的人了，精力有限。虽然营业时间极短，但风雨无阻地开张，作息非常有规律。有次北京遇连续大风，大街上人们冻得满脸通红，冲进一个男子，还没来得及站稳，就对着张老师傅乐了，大老远从海淀赶过来，一路担心不开门，现在真是如愿以偿。张老师傅也幽默，笑了起来，“我要不开门，那您不就碰锁了吗？”

我是喜欢看修笔和修表的人。小学前，我淘气，喜欢拆家里的钢笔，多是“金星”、“永生”和“英雄”这几个牌子，那时候的一类钢笔都长得差不多，是最物美价廉的款，钢的笔帽，笔杆的颜色不同，笔舌藏在里面，笔尖就是小小的一个金属尖，中间是有一条缝隙的，是墨水流出来的渠道。另外还有的钢笔，就是笔舌很大，看上去更加气派。家里还有为数不多的，弯头钢笔，可以写艺术体的字，我却驾驭不了，因为笔杆压低，笔画就粗，笔杆竖起来一些，笔画就细，很难均匀地写。我在大人不在家的时候，就开始拆笔，所有的零件都取下来，连墨囊也不放过，自己很沉迷这个游戏，把所有的笔拆了再组装，一直没有被发现过。直到有一个下午，我把两笔筒钢笔全部拆散，相互重新组合，有的就组不上了，组上的也不能用了。这次是瞒不过去了，挨了一顿很大的骂，拆过钟表的事也在惶恐中自首了。从那之后，我是无比崇拜可以修笔的师傅的。

在小学的时候，钢笔属于中高年级同学的学习工具。铅笔是低年级的，是笨拙的。圆珠笔是禁忌，是不允许使用的，不属于硬笔书法的范畴，笔尖太滑，写出来的字有些流气，是社会气的，考试更是万万不能用的。对墨水也有要求，作业只能使用黑色或者深蓝色的墨水，纯蓝色不允许使用，是轻佻的，不够严肃的。就在这种有些紧张的氛围里，我们小心地写着钢笔字，是最诚恳的书写方式，对钢笔也是爱护有加，钢笔情结也就埋下了。比我们年长的一辈，对钢笔的情结就更深了，他们穿着蓝衣白裙，热爱书写，钢笔是要插在上衣口袋里的，跟手表一样重要，是属于知识分子的物品。这样的几代人，都是张老师傅的顾客，很多人跟他都有几十年的交情，爷爷是在这里修笔的，有了孙子还带到这里买笔、修笔，谁也想不到，换了人间，都动摇不了的小店竟然是修钢笔店，是这么落伍的生意。

店铺一进门，是老式柜台。玻璃木柜里出售的钢笔，不是什么名牌，价格不等，却是实实在在好用的书写工具。柜台侧面的写字台就是张老师傅的工作台，也是有了年头的，一盏墨绿色的搪瓷工作灯，发着橘色的光。张老师傅戴一副金丝眼镜，头发花白，坐在桌前，桌子上钳子、镊子、剪刀，还有各种钢笔零部件，一台古旧的磨尖机不知道打磨过多少只钢笔尖。张老师傅人虽然瘦，肩膀却宽厚，背脊微微弯着，研究着手中的笔，无比专注。工作台对着的墙上贴满了各种奖状，大红色的锦旗垂着黄色的穗子，“北京市劳动模范”、“全国先进个体劳动者”、“全国商业系统劳动模范”等，那是张老师傅生意鼎盛时候最好的见证。

1947年，张老先生17岁，跟着父亲一起在东安市场卖钢笔，那时候钢笔是热销货，很受欢迎。顾客的钢笔有小毛病时，他就顺手帮人修修，钢笔的结构并不复杂，钢笔尖劈了，钢笔管裂了，丢个小零件，换个笔管什么的，他很快摸索出门道。

顾客们很快发现他修过的笔比之前更好用了，甚至有些新钢笔，都要带来给张老先生磨一磨，写字才能更顺畅。1962年，张老先生在“大兴公寓”租了店铺，专心做修笔生意，比起一般的修笔师傅，他独创了一手“点尖儿”的绝活。钢笔大多数毛病都是坏在笔尖上，笔尖娇气，很容易摔坏。钢笔头上有一个比小米粒还小的圆珠，掉了钢笔就不能用了，需要把圆珠粘到笔尖上，然后在圆珠上开出缝才能流出墨水。这道工艺在笔厂里都是激光加工，可张老师傅就靠手工电弧焊把一个小钢珠焊在笔尖儿的顶端，焊得恰到好处，再在钢珠上开条小缝，做成钢笔尖儿。

“点尖儿”用的材料都是从德国进口的铂金材料，顺滑又耐磨，写上几十年都没有问题。绝活为张老先生带来了荣誉，也带来了伤害，没有戴护目镜的意识，每次火苗烤眼睛，伤得很厉害。在30年前，张老先生得了视网膜炎，“点尖儿”这门绝活做不了了。可他也没有让那些慕名而来的客人失望。面对摔弯了笔头的钢笔，他用一把小钳子，轻轻地、慢慢地掰，笔尖儿一点点变直，就像从未摔过一样。因为长时间的手指劳动，他两只手的大拇指超乎寻常地粗。

修了50多万支钢笔，贵的有，便宜的也有，一律平等对待。有人带了进口的接近万元的奢侈钢笔来修，也只不过花了数十元，而要把笔寄回工厂本部换零件也要千元的开销。来修笔的人，也形形色色。张老先生工作台上有一张名片，那是巴巴多斯驻华大使留下的。桑德福德大使也曾来到这家小店，修好了笔，留下了一句话：“我觉得您很伟大，很羡慕您！”那些来自世界各地的感谢信，张老先生也都保留着。

只要一摸笔尖，张老先生就知道毛病出在哪里，钢笔拿过来不用看，就知道笔尖是不是原装的，是不是自己曾经修理过的。小毛病，张老先生会告诉客人怎么弄，客人回家若还弄不好的，修理也就花个十几块钱。有的钢笔堵了，吸不进墨水，张老先生接一杯温水，泡俩仨小时就没事了。现在人对钢笔的了解太少了，张老先生总要嘱咐每个客人，钢笔要注意保养，笔尖不要在金属等硬质材料上书写。最好将钢笔一个月左右清洗一次，保持墨水下水流畅。钢笔如长期不用，应洗净保存。

过去以修理钢笔为业的人很多，收入丰厚，也有不少人拜张老先生为师。但是人们的生活习惯变化太快，生活习惯也决定了这份职业的命运。同行早早洗手不干了，徒弟们相继离开，修钢笔成了三百六十行里最不吃香的行当，好汉子不爱干，赖汉子干不了，张老先生的子女也无人继承，就连修理用的配件都无从去找，许多生产厂家都已不存在了。修一支笔最多十几块钱，有时那就是一天的营业额，一年的收入才一万多。很多人向张老师傅传授生意经，还有的出主意，说铺子的地理位置好，租出去一个月房租也快赶上半年收入。这些张老师傅从未考虑过，别说转出铺子，就连离开几天他都不舍得，生怕来找他的顾客扑空。为数不多的几天他没有开业，竟是老伴去世的日子，想起来还是黯然神伤。

面对一支钢笔，张老师傅的凝视是无比深情的，深情的背后又是一种哀伤，独属于他的哀伤。旁人无法体会他对钢笔的情感，每个人总要有自己终生信守的东西。这是一个儒雅的、颇具耐心的老实人，本分了一辈子，也因太过本分而落伍，他的店铺落伍，他的手艺也落伍，却是最奢侈的落伍。这些年，我们失去了钢笔，也失去了许多其他东西。我们失去了太多，张老先生反倒替我们担心起来，如果哪天他不在了，顾客们该去哪里修钢笔呢？每天傍晚，张老先生关了搪瓷工作灯，锁了店铺，推出自己的自行车回家。不知道哪天，这道门关上后就不会再打开了。

斫琴者，一生一世修不完

古琴原本是中国最古老的乐器，现代社会弹奏的人少了，斫琴师就更加少了。我所知道的立明，大概是最年轻的斫琴师了，完全打破了我对斫琴师“老学究”的印象，龙眉凤目，总是笑盈盈的，很客气，但又比同龄人多了一丝不知哪来的沉稳。

做古琴实在不易，完全不像这个时代的时髦和便捷。一个年轻的男孩下定决心从事这份职业，难能可贵。想必他一定是万分热爱，容不下半分虚情假意，不然怎么坚持下来。立明的性格本来率性，不喜墨守成规。10年前，他从山东老家来了北京，第一次见到古琴是在林曦的家里，那是一张仲尼式古琴。听到这个名字，立明便有些心动，但并不知晓哪来的触动。仲尼式古琴是在所有琴里最简捷、最流畅的一种，琴体的腰部和头部有两个凹进的线条，通体没有任何其他的修饰。也许这种儒家思想的中庸内敛的风格跟立明有着一种共鸣。

古琴音韵让人能陶醉安静下来，当听了一曲演奏之后，立明被古琴之音深深感染，古、淡、清、静、怡、韵都被它演绎入骨，仿佛奏出了立明的前世今生。之后他对古琴念念不忘，到底为何古琴有如此魔力，带着企盼与好奇开启了他探索古琴之旅。

立明从小动手能力极强，就给自己许下心愿要去学制作古琴。林曦得知他的心意后非常支持，送了两本书，《故宫古琴图典》和《斫桐集》。拿到书的那一刻，他特别激动，读完后愈发痴迷。做古琴是门很传统的手艺，制作方法是几千年传承下来的，继承传统是必不可少的课程。立明拜斫琴师张以秋为师，就这样跟随着老师进入斫琴的手艺门槛。不同于其他的手艺，斫琴的功课要从历史开始入手，才能理解什么是古琴，体验古琴是怎样发声的，结构又为何这么设置。古琴是高度和谐的艺术，发声的振动实际上是一个整体振动。真的动手去做一张古琴，理解又不一样了。琴者心也，斫琴不仅仅在手上，更在心上。

每做一把琴的工序都有上百道，从选材到制作，到后期的上漆、抛光、安弦、调音，每一道工序都要求得非常严格，大部分的工序做完后要等一段时间才能做下一道工序。每年四季的变化对古琴的制作都有要求，每个季节的冷热温度和空气中的干湿变化都会对制作古琴产生很大的影响，如果湿度高的季节板材里的水分多，做好的琴到冬天就易变形易开裂。不同的地方，不同的气候变化，就要用不同的方法去对待。

找到好的木材才能做好琴，这是一种缘分。做琴之前，立明都会先了解木材的本性再去判断适合什么样的款式，通过敲的方式了解木材自身的音质和振动程度，再去判断下个程序，以及做成琴面板的腹腔抛出的薄厚程度。北宋石汝历《碧落子斫琴法》记载了斫琴中底、面琴板的厚薄比例所产生的不同的音声效果：“凡底厚面薄，木浊泛清，大弦顽钝，小弦焦咽。面底俱厚，木泛俱实，韵短声焦。面薄底厚，木虚泛青，利于小弦，不利大弦。面底皆薄，木泛俱虚，其声疾出，声韵飘荡。面底相当，虚实相称，弦木声和。”

除了表面功夫，斫琴师用不用心，只要听一下音声品质立刻见分晓，没有半点虚假。古琴神秘，蕴藏着和谐，蕴藏着“道”。一张琴的声音精良是所有因素共同作用的结果，若声音平庸、直白、低劣，也不单单是一方面造成的。琴成型之后，斫琴师还要用多种不同的工具逐一对琴身进行打磨，一块小小的地方，就要来回打磨十几回，直到琴呈现金属般光泽。

斫琴者的生活一点不比上班的人轻松，立明过得也不松散。每日7点准时起床，研习书法，用写真字调节气息。他换上工作服，外面套上背带围裙，便穿梭于工具和木头之间，享受工具和木头的对话，享受他的工作室时光。

当时刚选定工作室的时候，脑子里就已经为工作室的装修做了规划，因为未来都要在这里度过。工作室的整个装修和当初的设想一样，有二层楼。把木材原料变成古琴的所有程序都在一层，专门安置工具和木材。有一整面墙都是他最爱的工具，每件工具从小到大都有自己的位置。这些做手工的工具都是他很多次去工具市场自己淘回来的，工具们的关系就像一个团队，每一个工具都是斫琴师的好搭档，协助立明完成设定的目标。他为最密切的伙伴起了名字，也就是工具里面经常合作的“小平”（木刨）、“小断”（工字锯）、“小弧”（凿子）、“小顺”（他用锋钢锯条自己改造的凿刀）。

二层是立明学习、写字、画画、练琴的地方，墙上挂的都是他这些年亲手做的琴，空间疏朗。闲暇的时光，他和朋友在这里聊天、喝茶。他也喜欢养花，经常到花卉市场淘一些自己喜欢的花，搬到自己的工作室里养着，尤其爱绿色的花草，敦实的花盆里养着高大的竹子。每次从花卉市场买回来花草，他都要先了解它，根据花草的本性给予它水分和肥料，他喜欢这种无声的交流。做完琴晚上安静下来的时刻，他最喜欢自己一个人在工作室里喝茶、听古琴、点着蜡烛发发呆、练练琴，喜欢静静的感觉。斫琴者无疑是痴琴者，弹琴也许是莫大的享受，立明最爱的曲子是《阳关三叠》。

做古琴的手艺人需要互相交流和学习，因为每个斫琴师都有自己对古琴的理解和见地。传统手工艺对立明来说，是一种不断探索和享受乐在其中的生活方式。做一把琴，要通过用心去了解和交流，过程其实就像孕育一个生命一样，每张琴的完成都像自己生命的一个延续。从一块板材变成一张琴，是经过数日甚至数月的磨练而制成的，每完成一张琴不会松气，只会对下一张琴的期待更高。

每一个时代的斫琴师都会在对传统的继承中有一些新的体会和理解。身为新一代的 80 后斫琴人，立明觉得应该把中国最传统的斫琴手艺传承下去，让每一位热爱古琴、喜欢古琴的人都能拥有一张属于自己的琴。把古琴音乐带给更多的人，让他们去感受古琴音乐的精华所在。传承斫琴手艺，更深刻地讲应该是有一种责任在，只要选择了这个行业，冥冥之中就有责任做好它，更好地传承下来。

复制、机械的造琴者算不上斫琴师，充其量只是个木匠。说到底，斫琴更像是一个“修”的过程，说斫琴不如说修琴，是漫长的，艰苦的，无止境的。修琴，修的是手艺，修的是品德，修的是中国人的审美。

这门手艺，是要把整个身心都全情投入进去的，可能一生一世都修不完，那也要修，每张琴都是斫琴师生命的延续。斫琴，最终作用到灵魂。让你的心安静下来找到一个美好的心态，这样才是古琴真正的教化作用。

时间都不存在的小世界

几年前我见到用苔藓做植物小品，是在陆宇星的家里，那个时候还很新鲜，没有现在这么多人在做，也没有现在这么多精巧的容器和卡通形象在布置。如今看来，她做的苔藓景观还是耐看，是朴素的，稳重的，甚至有一点怀古的。怀古的那种是庭院式的，像小时候在姥爷家见到的那种盆栽，上面的苔藓倒不是做上去的，而是自然生成的。做盆景，她也会放进一些童话形象进去，却也是安徒生的美人鱼，或者英国牧场上的黑白斑点奶牛，不是现在动画片里的形象，都是传统的恒久的故事，是属于儿时的回忆。

然而让她脱颖而出的是她的苔球，我只见过她做，也许因为不容易做，也不容易养活。在她的小院子里看她做苔球，将黏性较强的土和含有颗粒的土混合，黏土负责固定形状，含有颗粒的土保证透水性，将常青藤的根放在手心，用混合好的泥土包裹，慢慢捏成球状，将青苔铺在球状泥土上，轻轻按压固定。用线将包好青苔的球缠绕，让青苔紧贴泥土不会脱落，用小木棍将露出的线头塞进苔球内，随着时间推移，苔藓会慢慢生长，掩盖掉所有的线，绿色覆盖了整个球的表面，这样苔球就做好了，毛茸茸的。

单单苔球本身就已经让人爱不释手了，可将苔球摆放在小钵里，也可以挂起来，甚至大胆地装在鸟笼里、暖水瓶罩里，变幻无穷。悬挂苔球的重量不可以过重，所以捏泥土的时候不能过量，可以稍微控制苔球的身材，在一个拳头大小左右。另外还需要在泥土底部里加一个小托盘，将吊线拴在上面。不必苛求苔藓鲜嫩饱满，有的甚至刻意露出泥土甚或枯死的黄色干苔藓，不觉得干枯粗糙，相反从那自然的干枯粗糙中倒品出一番特色和野趣。

照顾苔球也与其他植物不同。印象中，在少有人经过的小路上，常常冒出几处青苔，色泽温润，软绵绵得如婴儿盖的毯子，忍不住将它们铲下来，移植到花盆里，增添了几分情趣。之后见了用青苔做的苔球，绿茸茸的，憨态可掬；用青苔做的盆景，非常震撼，低调的植物，在寸土之间腾挪，竟然呈现了万千世界。苔藓低调朴素，对生活小环境依赖性很强，只有一个原则，就是尽量去模拟一个该种类苔藓原生地的生长环境。对苔藓来说，温湿度的平衡关系特别重要。要让苔藓生长，需要保持一定的湿度，但这时温度不能过高或过低。苔藓不喜欢被阳光直射暴晒，但需要一定的光照，半阴半阳的状态是最好的，清晨的温和阳光很适合它们。如果放在室内时，也应注意不要有温度强差，需要保持一定的湿度。

陆宇星醒来的第一件事就是翻翻苔藓，修剪枝叶，浇水捉虫，然后回到房间收发工作邮件，或出门拜访客户。她与植物对话，每棵植物都有自己的生命，即使是杂草，在她的眼里同样有着生命强盛的美。有时候她要花两个钟头以上为每种不同的植物用不同的方式浇水；没有工作的时候，她可以整整一天坐在工作桌前用纯手工方式扎苔藓球根。

她的院子也是与众不同的，在弄堂深处的庭院，很难想到这里蛰居着这么多柔软可人的植物。1993 年到日本留学的陆宇星，毕业于日本庆应大学法律系，获得日本室内装饰师和日本二级注册建筑师。在旅居日本的日子里，她爱上了那里内敛的文化。第一次在东京看到铺满苔藓、用模型小人装饰的小盆景，心里就咯噔一下，“我一定要拥有这个迷人的小世界！”一见钟情真的是玄之又玄的事情，说不出为什么一眼就被打动，好像前世就已经安排好了。

苔藓景观给了人一个全新的视角。习惯了都市的宏大世界，放低心态，用心去观察这个微观世界，寸许的草木或风致或苍劲，甚至能听得到风声，感到身心无限地接近自然。无论是想象小人国还是爱丽丝梦游仙境，这个充满生命力的盆景，给了我们海阔天空般的想象空间。

她在东京留学工作，前后待了十多年。回国后，陆宇星的工作是代理建筑商业项目，为日本的建筑师和国内的建筑项目牵线搭桥。她找住处的唯一要求就是一定要有院子。她的家在上海老街道巨鹿路的弄堂里，绿色的高大铁门，一盏老式路灯悬挂在上，挡不住的绿意从缝隙留出，有小鸟落在枝头，啜着花蕾中的种子。从外面看就可以猜测出主人爱植物。推开门后别有洞天，四方的小院被划分为几个功能性区域，右手边是用棚子搭出的工作室，木质的架子上摆满了各式各样的工具和器皿。

那些器皿非常有趣，一看都是淘来的，有些像是别人遗弃的，不单单是花盆玻璃缸这么简单，许多烧制的泥碗泥罐、烛台、玩具，甚至有特意买来的旧款暖水瓶，将内胆取出，这些说不定什么时候就可以用上。做盆栽是一种玩的过程，什么都可以用，大胆想象。

最初买盆栽在家里养着，可能只有一个单纯的目的：把它们养活。她每天盯着盆栽看，看嫩芽钻出土壤，看枝头挂上新绿，日久滋生了情感，开始创作。从养一棵草、读一本杂志开始，浇灌内心的花园，生活就会不一样。生活变得有意思起来，别人不关注的物件，她都会想能不能用在盆景中，一件废物说不能哪天就能用上。出太阳的时候会想到帮它们防晒，下雨的时候戴上草帽，去院子里看看它们。

不知道是不是跟植物待得久了，身上也会沾染一些相似的习气。陆宇星渐渐摸索并形成了自己的盆景风格，细腻、自由、生动、充满想象力。植物没有侵略性，与植物接触要像对待孩子那样，心里要有爱。缺水了，渴了，植物什么都说不出来，所以要经常观察。给它浇水、让它晒太阳、透气，每天照顾它，然后叶子长出来，开花，结果……感受着种种变化，体验到它的生命力，有喜悦的心情。

她自己构建的迷人小世界是带有个人特色的。取一个玻璃容器，将碳土均匀倒入器皿底部，可以起到除尘、杀菌、防腐、保持水分清洁的作用，之后倒入营养土。将包好黏土的植物小心植入营养土内，用镊子将青苔植入容器，平铺在植物周围，撒黑色装饰土，浇少量水，见到底部有水渗出即可。剩下的工作，可根据自己编织的故事,放进玩具,可以是躺在沙滩上的美女,耕种的农夫,吃草的水牛……欣赏微型盆栽是体验一种属于自我的心境。

因为爱上苔藓，生活也要围绕着它。她会趁出游的机会在乡野采集一些苔藓，带回来之后精心培育，构成盆景设计中最重要的部分；也会特地从日本进口一些特殊土壤，只为了让植物获得更好的生长环境。在这个小世界，仿若世界、时间都不存在意义。

尽管现在很多人都在做微观植物，我还是常常想起陆宇星身上那种平静的气息，她温婉的齐耳短发，细长的单眼皮，温柔的眼神。每当我想起陆宇星的院子，总能感觉到那股潮湿的泥土和苔藓的味道，柔软的苔藓好像婴儿的身体，那个院子里因为有植物，因而有鸟、有鱼、有蝴蝶，自成一个生命体系。

慢是一种修行

老慢是当之无愧的老慢。他把家安在距离丽江古城两公里一个村子中的小院子里，院子里的生活很安静。每天睡到自然醒，起床做简单的早餐，磨两杯咖啡，在固定的专属座位上喝完，进工作室忙活，饿了就做饭，困了就睡觉，晚饭后会打开iPad 翻翻朋友圈，而后看看电视，睡觉。老慢开车也慢，从来不跟人抢，先让别人走。他的口头禅就是“慢慢来，不着急”。他的余生目标就是让自己慢下来，把慢当成一种修行。

其实，老慢年轻的时候性子也很急，为了强迫自己要慢下来，才给自己取了这么一个名字。大部分的时间，老慢都很宅，坐在转角的小客厅处喝咖啡、聊天。他也会跟朋友一块开车出门溜达，譬如去趟大理的宾川寻访一下中国最早的咖啡树，是法国人一百多年前在这里种下的。

老慢的兴趣很广，却是个不折不扣的烟斗客，呼与吸之间都是沉静，放在手里还能把玩。烟斗都是自己做的，纯手工，除了钻孔用了一下电钻，其他都是手工造型打磨，大量的时间会花在琢磨它的造型上面。一年也就做 30 多个。做烟斗就是一件慢的事。三五天、一周、十来天，都说不好。但他从来不会因为做一只斗不眠不休，该吃吃，该喝喝，从来不去辗转反侧去追求一个型。如果今天没想到，扔到那儿，不想它，放半年。可能某天捡起来，突然有了想法，那就接着做。

老慢的烟斗抽着顺，实用，还有美感。为了保证顺，老慢自己做了工具，严格控制孔的尺寸，钻孔后用一个锥形工具研磨镶烟嘴的孔，里面的直径小，外面直径大，镶进去之后会结合得非常紧密。不顺的，譬如抽着会把烟丝中的水抽出来，会抽到水，是因为烟丝中含有水分，燃烧的时候烟斗底部会积水，跟烟嘴结合部位的孔钻低了就会抽到。或者是烟嘴和斗结合的地方会漏气。这样的小毛病，在烟斗里面，是非常忌讳的。这些都是慢慢琢磨出来的，没有书可以参考。

老慢小时候就喜欢看木匠干活，喜欢木匠手里的各种工具。在西昌出生，住在邛海边上，还记得邛海边上有个烧砖的厂，烧砖厂里有个木工房，里面有好多木匠在干活。烧砖厂里还有马车，每天都会有人驾着马车去城里买粮食买菜，偶尔还会“载客”把人送到城里。那是二十世纪六十年代。每天放学回家的路上，老慢绕进木工房，在那里泡上一会儿，就是看着，也不跟师傅们打招呼，时间长了那些师傅也都认识了他。他们做的是砖厂办公需要的东西，包括桌椅板凳还有床，那个时代也没什么现成的东西可买。那时最着迷的工具是木工钻，老慢觉得很有意思，一根皮绳加一根棍，转着圈就打出了眼儿。

中国传统木匠对材料的使用非常讲究。十几年前跟一个木匠聊天，聊木头的处理和抛光，木匠告诉他，好多木头，主要是硬木，可以用核桃仁儿去打磨抛光，还有好多木头可以用糯米稻的秸秆抛光。老慢主要用前者，把核桃仁在木头上按碎、揉搓，让核桃油沁入木头里面。那个木匠还跟老慢讲了桐油的用法，多数用在家具和船上。他有一把锯，亲手做的，送给他了，用得非常顺手。好的、顺手的工具一定是巧手木匠做出来的东西。老慢对工具一直很痴迷，工具都是自己做的，包括锯子、刨子，感觉做起来得心应手，天生就是做工具的料。现在也还时不时地改进工具或发明工具。他用的专门用来给烟斗开膛的钻头，是重新磨过的，磨成自己想要的型；开镶烟嘴的孔的钻也不是现成的，而是用锉改造的。其实老慢用的都是简单的工具，但最简单的工具却能发挥最大的效能。用锯造出大型，之后锉出基本形状，再定型，开孔，打磨。每一个烟斗做出来都不一样。

老慢做过雕塑，干过木匠，所以做烟斗很容易上手。他特别自信，第一只烟斗做的就是个很牛的东西，用的是红豆杉木，做完就送给朋友收藏了。他觉得，自己留不留倒无所谓，留住那个过程、那个技艺就行了。老慢要的就是那个过程，创造的、琢磨的过程，制作、加工的过程，推敲那些微妙的变化，根据木头去造型。

在做烟斗之前，老慢就已经关注烟斗好多年了。还曾煞有介事地去买过关于烟斗的书来看，烟斗发源于欧洲，属于舶来品，狭义上和中国的烟斗不是一回事。欧洲人做烟斗，材料主要用石楠木，有一百多年的历史，石楠木也就伴随烟斗消耗了一百多年，现在很难找到上百年的石楠木了，十几年的石楠木就拿来做烟斗了，这种材料天生就是拿来做烟斗的，它耐火耐烫，质地坚硬又相对轻巧，树瘤极具美感。因为树瘤生长的纤维是紊乱的，能出来各种复杂的花纹，形成美妙的图案，这个可以从照片上看到。讲究的烟斗都要用树瘤。

但是老慢做烟斗，在取材上，发现中国的石楠木品种跟欧洲的有一些距离，差别在于，中国的石楠木质地没有那么坚硬，树瘤也少。石楠木有 40 多个品种，欧洲常用小叶石楠木，但目前在国内还没有找到合适的，山里可能有，但专门去寻找成本太高，也不一定能找到，所以他就用了相对比较容易找到的黄杨木。

黄杨作为园林树种，经常会遇到种死的，扔在那里，取材相对容易。相对石楠木，黄杨偏重，算是一个缺点，但在其他方面，包括坚硬的程度、耐火、美观、耐用，都不亚于石楠，尤其可贵的是它符合中国人的审美情趣，拿在手里，黄澄澄的，打磨出来之后，细腻的程度堪比婴儿的肌肤。从另外一个角度看，它重，本来是缺点，却符合中国人对沉甸甸的质感的需要。所以这么多年来，老慢发觉黄杨是符合中国人需求的绝佳的烟斗材料。之前也尝试过各种材料，包括石楠、枫树、橡树、黄花梨、竹根、金丝楠，最后还是觉得黄杨木最好。

做烟斗首先追求实用功能。它是用来抽烟丝的，所以要保证用四五十年而烧不坏，抽着要顺，捏在手里要舒服，把玩起来要如意，再加上自己的一些审美情趣，所以每只烟斗都追求在取型的时候尽量把材料的美感发挥到极致，避免它的缺点。这样做起来很慢，不像机器做，按照一个型制，流水线下来。

拿着一个树瘤，先看纹的走向。黄杨很少有大料，制作时需要从一个不规则的形状里找到足够的体积，哪里拿来开膛，哪里镶烟嘴，要去推敲纹路。首先要看出做多大的、什么形状的烟斗，因为有的地方是多去掉一点料就会不够用了。做烟斗是只能做减法不能做加法的，要想在一个不规则形状材料里取到完整的烟斗，需要做大量的推敲。

木头有时候是有缺陷的，比如有孔洞，要去避开缺陷，还要留住它漂亮的纹路。大量的时间花在这里。老慢做过一个烟斗，一边是有缺陷的，那里本来是皮，凹下去一块，他就在对称的地方雕琢掉一些。烟斗拿在手里是要强调对称的，但又不能完全对称，而是一种意象上的对称，雕琢出的那一块和本来缺陷的那一块并不完全一样。这是一种审美的趣味。

老慢的工作室其实是西房和南房的一个夹角，搭上玻璃顶棚，成了阳光房。老慢习惯站着工作，背后的墙边是一丛大绿叶藤蔓植物，前方是南房的山墙，爬满了葡萄。那里面都是工具，他对制作工具有执念。

老慢卖烟斗全凭感觉，慢慢认识一些爱好烟斗的朋友，朋友们口口相传，来买烟斗。价钱合适就卖，不合适就留着。遇到爽快的、喜欢斗的，买两个就送一个。遇上真心爱烟斗但一时手里拮据的，看着有眼缘的话，也就送了。所以每年的烟斗有一半是送出去的。老慢是宁愿送也不愿意便宜卖了。如果遇到纯粹的生意人，老慢也不心软。老慢卖烟斗不像做生意，更像行为艺术。香烟飘渺，烟斗真实。

得到授意的纹身师

纹身师商亮是个怪人，比如他从不跟陌生人吃饭，比如他不喜欢进门前不敲门的人，比如下班后他不愿意再谈论工作，又比如他会给不想服务的客人开一个天价让人自行离去……可是怪却有怪的道理，陌生人一定会把这顿饭变成纹身咨询会，将各种猎奇的问题抛给他；不敲门就进来的客人往往也是没有礼貌的，常常会为他工作发生不愉快的经历。

大家觉得他怪，但又不排斥他，就好像很多人对他工作室的态度，既觉得恐怖，又觉得神秘，非要一探究竟。站在纹身师工作室门口彷徨的人，比比皆是。特别是第一次来的人，总是既害怕又兴奋，见到商亮就更紧张了。因为一眼看上去，觉得他是一个有强烈性格的人，有一些古惑气。

他的眼睛是中国男人典型的单眼皮，脸是方脸。人精瘦，简直像皮包了骨头，四肢修长，手指也长，配上椭圆形的指甲。他留了一头茂密黑发，工作的时候就扎起到后面，露出饱满的额头。因为体态修长，长头发放在他的身上是好看的，洒脱的。外露的左右手臂都有纹身，不对称，左手的图案一直延伸到手腕。

众多矛盾都放在他身上。孩提时代的生活都笼罩在父亲森严的规矩中，要守很多规矩，总要轻手轻脚。比如吃饭，不能比长辈先拿筷子，不能站起来夹远处的菜，家庭很传统。4 岁起他开始学国画，大学学的专业也是美术，都是很安静的状态。可他却喜欢听重金属摇滚，从初中的时候开始，喜欢那些歌手身上的刺青，觉得好看极了。

凭借自己的美术功底，他大胆给自己纹身，说自信也自信，什么也没学过，权当变了画布而已，接着又给同学们纹。对于这些，那个正派刻板的父亲是万万没想到的，简直跟他要断绝了关系，最恨的时候，冲他喊，“你这种人就应该拉出去枪毙。”到现在父亲也无法原谅和接受，商亮对他是同情的，理解的，无法达成共识的。

他是直率的，不矫情，说话京腔纯正浓郁，不拖泥带水，也不渲染，几乎不使用形容词。听他讲话，又觉得没有那么摇滚，没那么古惑，开心的时候眼梢飞起来。按照他的说法，他早就听不了闹哄哄的音乐了，夜店更是不能去，那些灯光会刺伤他的眼睛。为了能做好纹身，他是积极的，进取的。同时他不在意外界的看法，他说：“不喜欢纹身的人可以唾弃，可以反对，可以上街游行，无所谓的。”

工作室外面那间堆满了各种玩具，都是朋友们知道他喜欢而送的。这点上又觉得他是矛盾的，那么神秘那么酷的地方放着童真的物品，是有一些天真的。玩偶也被他纹上了很炫的图案，那才是他专属的玩具。

人们对于纹身的态度，有点像吃榴莲的状况，有人疯狂热爱，有人反感排斥，处于中间地带、态度暧昧的人，为数不多。过去的人就算喜欢也不会在明面上说，四处打探哪里有纹身师，又要画在别人轻易发现不了的位置，带着鬼鬼祟祟的劲儿。现在越来越多的人不用藏着掖着去喜爱纹身，还要出来展示一下，不甘心平庸黯淡。

客人与纹身师的关系是深刻的。萍水相逢的两个人，却发生了这么重要的托付，信任是对纹身师最大的善意。一个纹身，不是破坏你的身体，而是成为身体的一部分，是一辈子的事情，伴人终老，是要跟着进坟墓的。

很多人私下或仰慕或议论商亮，因为他跟其他纹身师不一样，他是不打草稿的。大部分的纹身师是将客人要的图案搬移到身体上，也叫转印。只有极少数经验丰富又对自己自信的纹身师才敢徒手工作。一笔马虎，全盘皆输。即使别人看不出，自己心里也无比清楚，究竟毁在哪一笔上。

客人们纹身总有自己的目的，一部分人是为了怀念，一部分人是为了美。为了怀念的希望能把过去的某段记忆留住。为了美的也许是为了掩盖刮痕或者伤痕，也许是想要一种独有的不可复制的美，出于对身体的爱，或者想凸显自己最美最自信的部分。商亮从不为客人纹恋人的名字，即使是夫妻，他不喜欢用这种方式表达爱和忠诚，这算是他的一点偏执。他完全出于人情世故考虑，劝阻冲动的客人，不想日后因纹身带来伤害。

可是很多人对美的理解是模糊的，需要商亮通过授意，从碎片的描述中去勾勒一个完整的图案。如果客人特别热爱自己的宠物，他是可以接受的，但他不会直接将宠物临摹下来，而是借用想象力，赋予它们人性，让动物看上去有些像神话里的形象，带着一股魔力。让他倾心的是中国元素，传统的风格，但加上创新，尤其擅长神像。他酷爱经典，反复地看，因为有原作精神，没有相同的图案，也不会俗气。他画十二生肖，会让它们化身成武士。他画雷神、释迦牟尼、麒麟、菩萨、面具与蛇……那些图腾线条复杂浓密，用笔、着色，全跟别人不一样，也是庄严，却不暗黑。

也有彷徨的、不知所从的人，企图通过纹身来寻求一些生活上的刺激，或者一种启示。也有些有趣的，充满励志色彩的纹身，比如有人将“七德行”纹在身上，也就是 Faith、Hope、Charity、Justice、Fortitude、Temperance、Prudence。也有人反向将“七宗罪”纹在身体侧面，Pride、Wrath、Sloth、Greed、Envy、Gluttony、Lust，当天每戒掉一宗罪，便要回来用一条线划掉。人们刻画自己的身体，也许是结束一段经历，也许是开始一种新的生活，都是最直接的表达方式。

他接活儿也奇怪，既不是按面积收费，也不是按时间收费，而是估价，完全是他一口说了算。无论什么原因，一旦开始就不可以停止，纹身的客人是绝对不可以半途而废的。有些人说，纹身就是对意志力的考验。一个图案少则几个小时，多则要几天，甚至多次。对商亮来说，也是体力和智力的较量，漫长的时间里，他要一直戴着手套，反复使用纹身针和纹身机，把每一条线条画得精准，在他事先设计的布局里，想到哪就画到哪。

没有草稿，他是一笔派生出两笔，两笔派生出三笔，是自然滋生出的，像蓄谋已久的。割完线，玄妙的颜料上色让图案有了色彩，最后变得饱和。在漫长的纹身过程中，伴随纹身机运作的嗡嗡声，他们敞开心扉地聊天，商亮倾听了客人的故事，得到一种绝对灵感，将那一刻的所有情绪都收在了绘画中。

不想得到所有人的理解，他有一种豁出去的坦荡。画画本身是个枯燥的事情，商亮要在这个世界里浪费所有的时间，鲜活地作画，在别人的身体上创作，必定抱着虔诚的心。看上去这是一个门槛不高的职业，但上乘的纹身师，是绝不会让纹身成为庸常之物的。

每个人都有自己的命运，每个纹身也是。没有人会把别人的记忆复制到自己身上，所以切肤体验的是发生在自己身上的故事。身份模糊的年代，身体上的某种图案也许是一种密码，也许是情感寄托。当然，这些都不能成为依赖。那些怀着伤痛的人，企图用这种带着疼痛的方式得到情感上的释放。

颐真姐姐做香

第一次收到颐真姐姐做的香，是一位老师作为见面礼送给我的，说我一定会喜爱这香，也会喜爱做香的人。那些线香装在带花梨木香的筒里，很紧实的盖子，花了大力气打开，一股清香飘然而出，看见整整齐齐的线香，并不像外面的香那样光滑，黄色的木芯，也是粗糙的表面，边缘毛躁，有点笨笨的感觉。因为这点笨劲，又显得格外可爱，呈现出手作的迹象。

老师说，做香的女人叫“颐真”，那真是过着神仙般日子的精致人，最叫人羡慕。颐真，当我轻轻吐出这两个字的时候，立刻情有独钟，特别好听的两个音节，一高一低，最后收在舌尖。后来在书房，闲来无事的时候想起这一筒香，抽出一支插在老榆木的香插上，点燃，浅浅的一圈火星，很快就能闻到香气。那味道真是特别，是不曾遇到过的香气，不是那么浓烈，却又沁人心脾。

终于有机会见到颐真姐姐，竟是如此高挑的一个人，足足高出我一头。颐真姐姐虽然个子高，却很匀称，五官也精致，笑起来是嫣然的。齐耳的短发，蓬松整齐地扣在脖子上，是那种最优雅最温婉的头发，一点修饰也没有。耳朵上戴了珍珠耳钉，特别圆润饱满的一对白珍珠，端庄得很。

见过颐真姐姐后真是念念不忘。跟相熟她的朋友们在一起，总有人会说："颐真最近又做了一道菜。""我最近用了颐真的香。""颐真要去苏州会朋友了。"不认识颐真的人也都好奇起来，"颐真究竟是谁啊，你们怎么总在说她？"这才意识到，此话不假，大家都喜欢说颐真，不自觉地流露出羡慕的神色。

她的确受欢迎。若要给她一个描述，真的不容易。她不工作，也没有靠什么维生，是地道的家庭主妇，丈夫是美国人，一个孩子的妈妈。可她又完全不同于平日里见到的家庭主妇，没有被家务所累，反而做什么都能做出彩。颐真姐姐是八旗后人，也就是满族人。历史上说满族妇女为自己的女性才能而自豪，比如治理家务井然有序，手工精巧，有良好的子女，称心如意的丈夫等等。

比起很多女人，她的生活一点不乏味。颐真姐姐要出门，常常是一呼百应，太太、女孩子、职场女性各色都有，她也极友好。颐真是个爱物的人，东西自然是不少的，却从不奢华，阔气的太太欣赏她的品味和见识；年轻的女孩子喜欢颐真，随便聊起来都可以讨教到几句道理，往往是可以享用一辈子的；职场女性也喜欢颐真，能得到社会上体验不到的过日子的安定。

一群姑娘跟颐真姐姐结伴出去，她也是能挑大梁的。比如去花市，她要冲在最前面，比较一下哪家店铺的花色好，跟老板讨价还价。什么时节插什么花，买桃花还是海棠，颐真说好的，大家就不用操心，肯定不会差。颐真不忘嘱咐，海棠要插进罐子里，等着开了，边赏花边喝茶；色彩鲜丽的洋牡丹就放进白色搪瓷壶里；春天要摆桃花，等花败了，桃树枝要留一枝节放卧室里避邪。大家都很受教。

她的穿着打扮也美，又朴素又考究。有时候出门，她就背了有印花的双肩包，在她身上多少显得有些稚气，却又很少女，活泼可爱；下雨天，颐真穿雨鞋也好看，配上军绿色的外套，又优雅又帅气；颐真手拎的草编包，成了朋友圈里最时髦的物品，那些平日拎名牌皮包的女人，见了之后啧啧称美，嚷着让她带着去买。颐真姐姐最舍得分享，有人夸她菜做得好，立刻要全盘托出，把秘诀传授给人家。倘若看上她的哪个物件好，她能送就送，要么带着你去买到为止。

许多店家也都认得颐真，见了就很热情，女人们跟店家说，颐真买什么我们就买什么。除了买东西要跟着她，大家还都喜欢跟她聊天，她不见得只是跟人谈生活经验，评论起时事来也头头是道。后来发现，颐真每个晚上等孩子睡了还要看新闻，看些海外电视台，总结出一些自己的观点来。所以不难见到她说出一番大道理来，远离了家长里短，颇有见地，却没有男人的尖锐。

女人最难得的就是不攀比、不嫉妒另外一个女人，只是由衷地欣赏。颐真姐姐就是这样难得被女人喜爱的同类，她身上有种魔力，她做的香也是。在陌生而广大的世间，想到回到家里，可以点一支手作的香，心里真是一阵温存，能宁静下来的时间太少了，片刻也珍贵。

当年考大学，颐真特别不情愿地进了中医药大学，学校跟母亲单位相邻。报到那天，进了学校大门就哭了，痛恨自己不争气，没有努力读书考个高分。上了一节中医哲学课，却完全为中医着迷了。生孩子做母亲以后，她也曾经在医院工作过，后来决定专心做个好妈妈，就回家做全职太太。母亲就是职业妇女，童年经历了“文革”尾声，父母被牵连牢狱与动荡，她的童年始终在渴望家庭的关爱。于是做了母亲深思熟虑后，选择在家自己做全职妈妈，一生下来自己带，并且母乳三年。

虽说不能为人看病，却留了点念想，就是做香了。香的所有香料都归属于中医中药材，都是专业里学过的，外行人觉得做香神秘，颐真却觉得再熟悉不过，同学们拿着中药给人治病，比起救死扶伤，她做香，反倒是最简单不过了。外面假香太多，颐真姐姐把点燃的香轻轻搓下香灰，手指一捏，烫手的就是假香。有些香单靠鼻子闻也能知道是香精、化学物品做成的。

女孩子从小容易对香味有迷恋，颐真姐姐也为此着迷，于是研读了中医药古籍记载的香方以及香谱，喜欢读过去文人雅士对香的嗜好杂文记述。过去人煨炭时丢二三个中药丁香下去，室内顿时甜香袅袅，胜过任何线香，干梨皮、苹果皮也很好闻。古人也曾用干果皮代替名贵的香料以示清简朴素，现在冬日在家煨炭烧水泡茶也可以用这个方法。

民国以前定制香丸、香饼、香粉、线香等等，都是在中药铺制作而成的，可以自拟香谱或根据香谱、香方与药谱定制或购买香材。所以，颐真姐姐做香，第一个工序就是选药材。每年的药材因为气候不同，能得到的也不一样。比如她托人从广西带香草，有时候太潮湿，香草发霉失去了味道，她就放弃了。

做香讲究因地制宜，来到南方后，颐真选择在干燥一些的秋冬季节制香，会坐在封闭玻璃阳台内，打开家庭除湿机。不同的季节也要配不同的香，夏季和雨季会选择藿香、佩兰、香薷等有利除湿气的香。不同的时节，不同的情境，不同的心情，不同的配伍，选药后调制不同的香。

颐真做香，总在儿子熟睡后，自己静静地完成。首先是和面，将中药研磨碾碎。将榆钱“刨花”打粉，过去梳头发、唱戏贴头片子、做线香都用此作为黏合剂，有时候也用中药白芨，装池画轴、拓片、做装画框等多用此药。按照一定的比例配好。配料前要筛一筛，除去杂质，面要尽量地和熟和黏。第二步是挤条，一般多用针筒或者压面条的饸饹机，把和好的香面装进筒里，均匀用力，制作线香。不过颐真喜欢手工黏合，香的形状自然不会统一。

接下来是晾晒。在天气晴朗时，把捏成一支一支的香根据各种不同长度从中间断开，拿到太阳下曝晒。香条在晾晒过程中会自然收缩，甚至会扭曲成麻花状，因此要不断地压平，这样才不会变形。

颐真喜欢制作令人澄净清净的香，手工制出的香不断头，不缺火，相对于机器制香，它燃烧得也比较快。平日里制作的，全都是普通药材制作的合香，美好的香气具有安神开窍功能，可以辅助修炼者达到入净和正定。有的香，因药材原因燃烧后烟重或浓郁就剪短成小段，放在小铜香炉中燃烧。线香置于香插或香炉有时会剩下香头，她无比珍惜，保留至冬季烧炭火时丢进去二三粒，空气瞬间变换，或送给友人，汽车内产生浊气时，放置一二颗于燃烧香烟的点烟器上，车内净化。

自己做的香材虽然并非昂贵，甚至很便宜，但是也舍不得浪费，这是手工艺者的惜物。香插时而选择老琉璃珠子，饰物带孔，外出旅行也试着用酒店便笺纸片折叠成波浪板状，香燃于纸片上，不拘形式，实用好用。弹琴的时候也会选一款适合的香，增添了几分肃穆。香的燃烧如琴弦一样，有音律，有强弱，有起伏，像人的呼吸，像人生的历程。

有时候朋友搬去异地，颐真也要为朋友特制一款她心目中与朋友气质吻合的香。既要送友人做纪念，也会与其他共同朋友喝茶的时候点上一支，回忆复苏了，大家便一起想到了远方的友人，是浮在云雾上的。

香味是可以治病的，五季、五味对应脏器，这是华夏古人的智慧，一点也不神秘，不昂贵。帮助需要帮助的患者或朋友，这是自我的成长过程。自古医道同源，颐真喜欢讲中医，又用中医映射着生活中的一些道理，总是与人娓娓道来，重静贵柔。无论如何，香不是柴米油盐，是无用中的有用之物，汲取自然的精气和魂灵，是给了平淡生活里的一点甜头，一丝仙气。我们这些人的甜头和仙气便是颐真给的。

方寸之间的微风

第一次到苏州，是暑假跟母亲去旅行。当时对苏州吃食的最大印象就是甜，苏州人嘴里说的不甜也是甜，若说某样食物是甜，那就是极甜了。对苏州话的印象就是绵软，男人说话也温柔，吵架也没有气势，连交警拦下违规的车，都是用和颜悦色的声调让司机掏出驾照。所有的苏州人就生活在甜软的世界里，风也湿黏，尘土都是甜甜的。

另外一大印象就是，园林门口卖扇子的多，扇子又不只是折扇，而是丝质扇面的团扇，一把一把插在架子上，上面的图案多是描述园林的景色，还有古时美女图，虽然是油印上去的，但都是诗情画意的。这种扇子在北方是不多见的，北方人多用折扇，携带起来很方便，团扇握在手里很容易就遮住了半张脸，有种“犹抱琵琶半遮面”的羞涩，跟苏州话一样散发着一股妩媚的脂粉气。

团扇在人前，是微风起，一扫夏日疲困；

团扇在人后，诉说的是你我衷肠。

离开苏州的时候，自然带了一堆团扇作为旅游纪念品，送朋友，行为是俗的，可又应了夏天的景。不知道那年夏天是格外炎热，还是苏州的夏天一贯如此，在苏州的数日，我竟然也扇不离手了。那些扇子是廉价的，现在还有几把在我家里，翻出来的时候，蒙了一层浅浅的灰尘，穗子也脱了线，丝质的扇面边缘处还碎了几块口子，想想这竟然也是十几前的物件了，反倒不嫌弃它们廉价，舍不得扔。在很多博物馆里见到的团扇，景象就完全不一样了。它们是人间珍品，扇面多为刺绣，用的有金丝也有银线，绣法也都是名家的流派。那些团扇是供在扇架上的，隔着距离去观望，高不可攀。

直到认识了李晶，我才知道还有人在手作团扇，那绝对不是路边上油印的图案的扇子。每一把的扇面都很讲究，有刺绣的，也有绘制的，可又不是高不可攀的。李晶的工作室在苏州桃花坞一带，是间老宅子，据说这里曾经是位苏州御医的旧居，和居民间杂在 起。苏州老城的旧居太多了，连成片，也没有太多的高楼隔断视线，历史也显现得更清晰了。唐寅晚年就隐居在桃花坞，常与文人墨客聚饮，那故居也只是一间在曲曲折折的陋巷中的平凡屋子。读书的时候，我特意来苏州寻过，费了很大力气才找到，非常破败，门口倒是有个荷花池子，石碑上的字也都看不清了。

关于团扇，唐寅画的《秋风纨扇图轴》，一位美人拿着一把大纨扇，旁边有四句题诗："秋来纨扇合收藏，何事佳人重感伤？请把世情详细看，大都谁不逐炎凉？"虽然这首诗写的是美人与纨扇，却是看透人间冷暖的凄凉，可毕竟让团扇和这里的故事有了联系。

苏州的扇子颇负盛名，团扇只是其中一种，又名纨扇、罗扇，早于折扇出现。虽然叫团扇，可有圆形、椭圆形、桃形，也有方形，圆形最多，每把扇子中置扇柄，将团扇一分为二，扇柄多用湘妃竹、观音竹，也有用洋漆、象牙的。扇面、扇架、扇柄、穗子，都有讲究，但最后要看整体状态。比如我看过一把红木包边团扇，用红木做团扇的外框，扇面是用双面真丝，整个扇子中间像鼓一样是空的，外面一圈再用红木细木条包装好，所以才叫做红木包边。这是苏州古老的传统手工艺之一，现在也只有几个苏州人才会做这种扇子。

研究团扇、收藏团扇的人不多。李晶之前是喜欢折扇的，后来又爱上了缂丝，然后想把缂丝和扇子结合起来做，之后才开始做缂丝团扇，并且通过收集欣赏一些老的团扇，渐渐对团扇有了自己的理解。扇面糊以绢、纸，绘有花鸟、仕女、山水、人物、楼台，也有在其上题诗作赋的，我们就在这扇面上感受鸟儿鸣啾，花儿芬芳。李晶做的团扇偏爱用缂丝，同是丝织物却大不一样。以生蚕丝为经线，彩色熟丝为纬线，纬线并不横贯全幅，而仅在需要处与经线交织，正反两面如一，在不同色彩的轮廓之间并不相连，凭空背光观察可见点点孔隙，色与色之间呈现一些断痕，有如以刀镂刻而成。缂丝能自由变换色彩，因而特别适宜制作书画作品，可以模仿出书法的效果。曹雪芹极爱缂丝，《红楼梦》中描写的服饰大量都是缂丝的，一寸缂丝一寸金。

遇到喜欢的缂丝片子，李晶都会收回来，存在自己的老柜子里，有的做了插屏，合适的就用来做团扇。对于有些想要的图案，他就请苏州老师傅帮忙制作缂丝片子，自己把稿子描绘下来，按照缂丝的制作工艺来画稿子，和一般的描稿有较大差别。然后去配线，配好线后送去给缂丝师傅制作，制作好要自己修理线头。熟练的缂丝师傅做一片也至少需要两周的时间。

团扇的扇骨，李晶偏爱使用湘妃竹，湘妃竹有好有坏，得挑选上等的湘妃竹。自己打糨糊，趁着糨糊新鲜的时候绷扇面，绷得越紧越好，天气太干燥就不太适合绷团扇了。最后要配上合适的穗子。李晶的穗子也是找传统老师傅打，按照清宫的团扇穗子样式制作的，用的多是回龙须，不易散。

扇子的美，一是扇面，可品味其书画和刺绣的美。二是扇骨，要看竹扇骨的材质和雕刻。不是图案的花样越复杂就越适合做团扇，就算找到了图案美的扇面，也很考验构图，一寸之差，整个扇子的味道就不一样了。李晶选了张素金缂丝面，绷了把紫竹的团扇框，用了最鲜艳的穗子，反倒有出乎意料的效果，文静之中有了贵气。搭配考验的是审美，李晶为琵琶山鸟图缂丝面配紫竹框，为稀底折枝花缂丝面配紫竹框，为稀底梅花缂丝面配罗汉竹框，为稀底茶花梅花缂丝面配紫竹框，为清代提花罗配民国漆扇框，为手工菊花宋锦配黑檀框，为手工宋锦配花形玉竹框……这些都不是非常昂贵的组合，却都好看得出奇。

李晶的生活有点幽居的味道，每天睡到自然醒，有客人来工作室的话就接待一下，下午基本要去拜访各种手工艺的师傅，跟他们订些东西，但是每天都忙到深夜。画稿时要安静，所以通常放在晚上，为了不让糨糊隔夜，打糨糊和绷扇也都是在晚上。有时候遇到喜欢的缂丝，他兴奋得能做通宵。

团扇相对于折扇而言，关注度较低。市面上好的团扇很少，能来工作室找李晶的客人，他都很珍惜，身边的朋友也是喜欢传统工艺的人。朋友们偶尔来工作室小聚，也并非喝茶聊天这么简单，大家一起吹笛子，李晶是要唱上几曲的。李晶唱昆曲是小有名气的，并非玩票而已，而是认真揣摩过的。苏州街道上偶尔也能听到曲子，都是评弹，现在都是从扬声器里出来的。李晶的曲子从院子里飘出去，感觉很不真实，是飘渺的，清白的。

现在男旦已是凤毛麟角，在传字辈时期，好的旦角都是男的。李晶不但唱得了，还能甩水袖，可以长歌舞戏，且歌且舞，将歌唱、表演、舞蹈、技巧、表情等都统一起来。他也算登过台的人，脸上抹了油彩，唱过《牡丹亭》，扇子恰好成了戏中道具，是手中传情的妙物。李晶是个容易痴迷的人，因为爱戏曲，便要把有关的一切都研究透，比如戏曲中最高级的头面是点翠做的，他便熟知了点翠工艺，还收藏了不少。

看李晶的生活，我觉得他是个有野心的人。他的野心不是别人的那种野心，而是要把吴越里的美全部享用一遍的，哪个也不放过，哪个都热爱得不得了。团扇对他的吸引力是方寸之间展示各种传统技艺和审美，满足了他的野心。团扇在人前，是微风起，一扫夏日疲困；团扇在人后，诉说的是你我衷肠。

所有的一切，都无需被附加太多。生活也如此。

万物之中，希望至美。至美之物，永不凋零。

专注做点东西，至少对得起光阴岁月。

其他的，就留给时间去说吧。

平和，是一个人的脾气，也是一种参透。

在这个小世界里，仿若世界、时间都不存在意义。

用金，用世俗观念里最昂贵的材料去修补伤口，

是对缺陷的尊重，是对生命无常的接纳。

手艺

是与自己

沟通的方法，

打磨的是你的心性。

诸般不美好
皆可温柔对待

重拾破碎而不失尊严，
抚平伤痛却有新欣喜。
也许生活中的诸般不美好
皆可以温柔对待，
或者亦能别开生面。

假面的告白

每个女孩小时候都会垂青玩偶。我也有过一个芭比娃娃，塑胶质地，它替我率先完成了一个女人的成长。我为她乔装打扮，做衣服换发型，设计角色和剧情，甚至布置场景。成年后我对所有的玩偶都失去了兴趣，并且认为，成年人靠玩偶来表现天真和可爱是一种做作。

第一次看见胡晏荧的人偶，我不禁打了个激灵，只觉得被那人偶的眼睛牵住，瞬间万籁寂静。竟然被人偶摄住的我，想要了解它更多的背景，也想更多地了解胡晏荧。我开始疯狂地查资料，这才开始知道，这世上竟有陶瓷球型关节人偶这个生僻门类。这种人偶多以树脂为材质，关节处凹凸相扣，所以活动自如。这种人偶起源于欧洲，普法战争期间，德国人率先研究球型关节人偶的制作，法国、美国先后成为制作这种人偶的中心。如今日韩做人偶的公司已经有很多，培养了小众但稳定的客户群体。

招引胡晏荧转行的正是加拿大玩偶设计大师玛丽娜·贝琪高娃、（Marina Bychkova）。玛丽娜做出了“被施了魔法的娃娃”（Enchanted Doll），让人偶的审美在历史上陡然上升了一大截。特别之处是，玛丽娜有珠宝设计的背景，将人偶与重手工制作的金银珠宝服饰结合。她的人偶更像一件华丽的奢侈品，让我想起了西班牙宫廷画家委拉斯凯兹笔下的小公主。

大概是因为人偶太过逼真，也诞生出了许多诡异的故事。这些故事都以人偶是有灵魂的为基调，它们绝非任由人摆布，心中充斥着怨恨、冷酷，它们报复心很强，手段残忍，与天真无邪的脸形成巨大反差。其实这些所有的邪、恶、惧都来自对人性本身的恐惧，这世上没有什么比人性的恶更让人毛骨悚然的了。

胡晏荧似乎有一种摄人心魂的能力。

她做的陶瓷人偶，像刚刚走出水面，浑身裹着皎洁的月光，面孔逼真到让人惊艳，眼睛似湖水满是忧伤。见到人偶的瞬间，我想起了多年前在三岛由纪夫的《假面的告白》中读到的一句话：你在放荡的孤独中闪光。

她本人也有自己做的人偶的气质，细长的眉眼透露着敏感，表情冷静，眼睛有温热。她说“不是打心眼里认可的事是不可以做的，会长出鬼鬼祟祟的气质，然后一辈子就完蛋了。”

胡晏荧住在景德镇，是景德镇的新移民。千年窑火不断的景德镇上只有两种人——制陶的手艺人和非手艺人。大多数人做的都是瓶瓶罐罐，锅碗瓢盆，制作陶瓷人偶的并不多，但也不只是她一个人，有人给娃娃戴上名贵的珠宝，还有人做出了破了吉尼斯纪录的最大娃娃。体型和奢华并不能吸引我，所有的噱头都是点缀。将人偶往奢华方向打造，很容易又陷入对物质的攀比中，那岂不是与我们对手艺的初心相悖。让我难以忘却的是胡晏荧的人偶像被注入了灵魂，似乎在聆听，又好似有话要倾诉，所以摄人心魂。

胡晏荧说“做人偶就要把灵魂也分给它。”我就是想知道她是怎么将灵魂灌注给人偶的。她是一个不太容易走近的人，身上没有大家都有的客套，没有自来熟的热络，反而像肌肤冰冷凛冽的人偶。她也愿意跟我倾诉，却又不想被太多人关注，交谈里有很多拒绝的部分，你也许会担心她不近人情，可我们喜欢她不就是因为她的不市侩吗？经多见广，遇到太过热情的场景，我还会怀疑是事先设计好的陷阱。

80后这一代独生子女被灌输了一个相似的“好孩子”模式，那就是考上好大学，找份收入稳定的好工作，结婚生子，一生免受风雨。父母和亲戚往往正是这种规则的监督者。我也是在相对传统的家庭长大，深深明白，相同的标准让一部分人感到压抑和迷失，只能靠自己治愈。

像许多新生代的手艺人一样，胡晏荧在29岁之前的人生里，也不断变化姿势，她先后做过五份职业：大学毕业时突破千人重围考进银行，留在了北京，一年多后交违约金从银行辞了职，跑去英国学了摄影，回国后当过摄影师，在独立杂志做过编辑，还在演艺公司、出版社待过。所谓的干一行恨一行，所谓的叛逆，不一定是我们这一代人的任性，也许是天性迫使我们做出选择。

2012年2月春节刚过，胡晏荧又一次辞职，这次的辞职更像是一种决断，带着厌倦红尘的味道。她瞒着父母，只身一人去景德镇，打定主意要学做陶瓷球型关节人偶。医生、律师、老师当然是高尚的职业，可是手艺人也是世上最正直的职业。你投入的多少情感和精力从来不会撒谎，它让人渺小，也让人坚定。她整整一年不敢让父母知道自己去学手艺了，身上有的只是做摄影师时的积蓄，小学时两期美术兴趣班的一点美术基础。做人偶几乎是从零开始。还好，手艺人这个行业是宽容的。

她在陶瓷学院新区附近的小村子租了房间，熟悉之后又搬到老校区周边，因为那里有雕塑瓷厂和老厂，做东西方便。她每天都去工厂里看师傅修坯，看了好多天，师傅忍不住问她是不是想学拉坯修坯，她点点头。一学就是两个多月，她进入了苦修的状态，涣散的精神也和拉坯机上的泥团一样，一点点向重心汇聚。

正式尝试烧制人偶后，遇到过许多问题，这完全就像是孕育生产的过程。先雕模种，再翻石膏模具，注浆，打磨，烧成，陶瓷在生坯状态下结构非常易碎，稍不留心就是一道刮痕，不断损毁和反复劳作让人心力交瘁，也不得不谦卑起来。

她整整用了一个多月才烧出第一只人偶。等不及窑炉完全降温，就从半开的窑门里伸进手去，先摸到的是一条腿，那个零件的温度依然很高，碰到它的那一刻感到它在手指下轻轻滚动了一下，她的眼泪就扑扑地掉了下来。

仿佛一个小精灵在浴火中重生，她哽咽地捧着生命中第一只人偶零件回去，午夜给它上色，拼起完整的人形。陶瓷表面有通透光洁的质感，经过上色后就更接近人类皮肤的样子，但比真实的皮肤更吹弹可破。人偶看上去皎洁无邪，娇弱无助，像婴儿那样稚嫩，需要人的呵护。也许是因为陶瓷的坚固和脆弱在一起的矛盾感，正好切合了我们对于生命的普遍看法：美潜伏着危险，正如肉体脆弱，青春易逝，唯有灵魂永恒。

在景德镇漫长的夜晚，胡晏荧抄经，一开始纯粹是为了打发时间，后来渐渐变成自己重要的爱好。特别是冬天的多雨季节，并不适合烧陶瓷，看书抄经就再合适不过，但就像做人偶一样，同样需要避开所有热闹，在独处中默默完成。她为自己的人偶纹身，有鲤鱼、仙鹤、松枝等东方意境的图案，也会写上自己熟读的经文。

“生死去来，棚头傀儡。一线断时，落落磊磊。”她在自己的人偶身后写上这句话。出自日本著名能剧师世阿弥的《花镜》，意思是“人生在世，不过是像傀儡一样的躯壳，当灵魂离开肉体的时候，剩下的躯壳就像断了线的傀儡一样散落一地，很多东西，对于当世来说，都是抓不住的。”

人生的真相可以通过人偶来反观。人偶最早被有钱阶级用作殉葬品，他们渴望到了另一个世界还能享受荣华富贵，渴望长存于世，故而用另一种形式来延续躯体生命。说白了，正是出于人类的贪婪和对死亡的恐惧，才发明了人偶。

人偶到底有没有灵魂，一直让人们无限遐想。我觉得，人偶如我们的皮囊，本空无一物，像深不见底的容器一样，可以被我们装满欲望，也可以盛放灵魂，让各路不可名状的情感有了去处，特别是那些人性里幽暗、不方便大声讲的羞耻，虚弱无益的、过分敏感的情感得以释放，亦正亦邪，这是假面的告白。

有一次我看到一只人偶的小手碎了，胡晏荧请人用金缮修复，也很精美。我想到人偶虽然易碎，可在某种程度内还可以修复，人的心要是碎了，真的是很难缝合，这样一想又觉得人才是更加无助的生物，很多时候被自己的欲望奴役，只能小心翼翼、苟且地活着。

有些手艺人看上去孤傲，其实本质是脆弱的。在我看来，成为手艺人是胡晏荧的一种自我保护，是收不是放，好比把一面蒙了灰尘的镜子擦干净，是为了更好地看自己，而非看外界。她说过自己不擅长与人合作，在人际交往中也很被动，做一件能独立完成的事情更适合自己。沉醉于终日劳作，与人偶对话，训练心智，是非常有安全感的过程。我们做好自己手上的事，就可以让所有轻视的人闭嘴。

心有戚戚，我逮着机会又问她，你真的相信人偶有灵魂吗？她说，我现在怀疑连人自己都没有。

不荒先生，从容于方寸之间

他名叫“不荒”，从来没有问过他为什么要起这样的名字。想想却就能理解，他的期许：忙时井然，闲时自然，顺多偶然，逆多必然，得之坦然，失之怡然，捧则淡然，贬则泰然。我更愿意称他先生，这个先生是饱含老师的意思。每个人总在心里默默把某些人设置成自己的老师，以他为镜，就算没有真正地近身学习，也能明白一些道理。

每当我忙乱的时候，就情不自禁地想起他，想知道他在做什么，写了什么字，刻了什么章，摆弄了什么花器。看他的生活，似乎自己也摆脱了诸般俗事。好像每个人的生命里，总有个人会提醒你：不要急，慢慢来。

无论外面的世界多么潦草疲惫，不荒先生的生活朴素简单，每每看过去，发现他只是日日伏案，写字、刻章。“我认为写字、刻章都是玩，玩是一种心态。”怀着这样轻松的使命，却做得比谁都一丝不苟。

对汉字，我向来抱着敬畏之心，总觉得写字这件事没这么简单，英文可以画圈、连线，中国字只能横是横，竖是竖，一笔一画都需要功夫，下笔前要运筹帷幄，下笔后要坚信不疑。看先生兢兢业业写字，怀着一颗赤子之心，每日雷打不动，也唤起了我对小时候写字的记忆。

刚上学的时候，我下了很大决心要写好字，亲手用小刀削铅笔，拇指顶着刀背削，顺着笔杆往前推，却不能控制好力度，不是用力过猛，就是用力太轻。好不容易削出一支，笔芯歪歪扭扭。写字因为过分认真，用力过猛，常常把字写得穿透纸张，那是一张千疮百孔又乌漆麻黑的方格纸。

我自以为写得很有诚意，不料被老师当了反面教材，当众批评展示我的作业之丑陋。之后，我便赌气，能写好看的字故意写丑，能削好的铅笔故意把笔芯磨得粗短，自暴自弃给你看，就是想换来再一次更严厉的批评。没多久，就被父母发现，勒令制止了。暑假也要在家里练书法，写了硬笔还要写毛笔，写字台的墙上被我妈钉一枚铁钉儿，写好的纸要穿在上面，写够了才能解禁。就这样，丑字大王在新学年逆袭，被选中去参加书法比赛了。

每个人写字的经历都与小时候的记忆无法割断，不荒也无例外。小学的时候常常跟着父亲去杭州出差，父亲开会，他自己去逛古迹，逛博物馆，逛西泠印社，篆刻、书画、鉴赏、考古、文字，那时埋下的种子，在 30 岁时重新发芽。

不荒当了爸爸后，觉得陪孩子玩是最宝贵最奢侈的事，关了公司，专心在家，不为衣食谋。每天早上女儿醒了，他起床来榨水果汁，陪她玩一会儿。然后就开始学习和做喜欢的事，全部跟文房四宝有关。学习是出于私心，为了女儿日后的教育。有关风雅之事却本想随便玩玩，但玩出了新气象，做成了自己最动情的事。

不荒先生大学里学习设计，并不局限于平面设计，空间和包装等设计都学了，所以把色彩、构成等要素融入到了平日的抄经、刻砚铭文、设计制作、文房雅玩等上面。他平日写的最多的是小楷，气韵清新，外秀内刚，对用笔、用纸、用墨都颇有讲究。抄的最多的是《心经》和《道德经》，有人来要，他便送，已经送了近千张出去，以手传心。我收到先生的字时，很是欣喜，那些经文被小心翼翼地卷好、包好，装在细长的纸筒里。先生的字放大看，线条不滞不糙，转折委婉细致；放小看，沉静淡远。

先生最重要的手艺是刻章、刻砚铭文。古代文人以刻砚铭为自己的行为准则，并时时激励自己要躬身力行，砚铭文字虽短，却字字千金，文字隽永，意蕴深邃。

先生眼中，刀就是笔，不会写字则谈不上刻，刻能提高对写的理解，写能帮助对刻的认知，相互作用。中锋、侧锋、藏露锋、绞转、按提顿挫，书法中的笔法和在砚的字刻中一致。

刻砚，最重要的是布局，这个和设计学里的构成差不多，轻重对比等都要讲究斟酌。心中确定想刻的内容后，不同的题材要配不同的字体。清淡朴素的诗句就不能使用雄厚磅礴的笔法。先要书写好几遍，各种书体，各种布局，找到最佳的一种，然后双钩到砚上，然后再刻。

说到底，刻不在于力，而在于巧。既要有巧思，又要用巧力。慢工出细活，只要手握刻刀，人立刻从容起来，对性子也是磨练。天地虽小，却博大精深。先生又偏爱精巧的尺寸，腾挪于方寸之间，以小见大。

常用工具就是一把刻刀，但先生有很多种铅笔，很多种尺子，很多各种各样的工具，案头各种本子，有记录砚铭的，有记录印花的，有记录摘抄的，有记录诗词的，有记录书名的等等。书桌在窗边，阳光一般从早到下午，先生能坐一天，写写刻刻，毫无杂念。偶尔他养的猫来造访，依偎在他的书斋清供上，瓶插素净之花，养眼清神。

先生收藏了很多端砚，也开发了“有凤来仪”小端砚，这个砚比较受欢迎，也是传播传统文化和书写的必需品，因为有这些砚台，他才有条件在上面刻一些座右铭或妙语佳句。

刻砚会让砚更文气，有内涵，看起来也雅致。记忆犹新的是，他给一个小朋友刻“寸阴是竞”四个字，那是先生在千字文里找的一句，刻得非常认真，每个笔画都刻了很久，是希望孩子们懂得时间的重要性。先生最不开心的事就是浪费时间。

每个章和砚都独一无二，可藏可玩。刻字又少不了拓片的乐趣，将宣纸通过墨拓来记录花纹和文字，墨汁的层次别具东方美感。用拓片可以与人分享这些文字的意境。

因不荒先生书印皆精，故求者甚多。先生则是索之必酬，求之必与，广结善缘。如今他的收藏已经到了千章百砚的地步，不断有新的感悟和体会。他研究不同材质，自己设计的文房雅物无比受欢迎，常常要等上好一阵才能拿到。每次有客来访，他把小印一个个拿出来供客赏玩，温情脉脉地介绍它们怎么来的或是怎么做的，什么材质或什么钮式。每个小钮一个故事，每个小钮都是一个孩子。

一年四季孜孜不倦，执笔与坐姿都不曾松懈，烈日当空时，先生心中却无上清凉。先生对自己也布置着小作业，比如每日晨起刻一方，两个月可以完成《心经》组印，这样倒是有不少期待。

他身边也有很多身怀一技之长的朋友，先生认为手艺人大都勤奋刻苦，要做到“勇猛精进”，就要勤奋刻苦，天赋是在努力的过程中闪现的。文以载道，器可赏心。先生只想保持单纯的心，不带杂念，不想着名利去写字刻砚，不计较得失。

诸般不美好皆可温柔对待

对于心爱的物品，总希望能陪伴我们长久，却常常事与愿违。那些雅致的瓷器、陶器、紫砂器，共同的缺点就是易碎。对于物的拥有，每个人的欲求不同，许多有了残缺的物品变成了废弃物。这个世界的废弃物越来越多，堆积在世界各个角落，那是人类无法占有美而对美的摧毁。

人们渐渐忘记了“修补”这件事。每日习惯穿梭于卖场和家之间，黑色塑料袋里丢掉的是提供生活帮助的物品，人们象征性地投射给它们一丝惋惜。也有许多人不放弃，东西坏了尽量去修补，就像人要走了尽量去挽留。邓彬就是那个帮助我们化腐朽为神奇，为我们破镜重圆的人。他做的是修复工作，可那修复又是那么不简单，是在碎片之中建立了道场，在不完美中建立了完美，补碗补盘补人心。

金缮后的作品跃然眼前，真是叫人肃然起敬。这是对完美主义者最好的回击，说它是不完美也可以，说它完美也不过分。比如面对一张打碎了的绿釉陶圆盘，别人是无从下手的，经过邓彬的金缮后，不但完好地拼合在一起，不影响使用，他还为它进行艺术再创造，那些裂纹嵌进去金纹生成的图案，就像是画家笔下挥洒自如的线条，是重修旧好的结局，可这结局却带着新开始的剧情。他说："四分五裂的许多碎片得以重新聚合成为一个整体，团团圆圆，让人心生欢喜。"又比如，边缘碎了一角的老衡连斗笠茶盏，邓彬将其补好，把缺角绘制成了荷叶形状，仿佛金色池塘边上有一片金色的荷叶。

做金缮一定要是惜物之人中的惜物之人。可惜物只是基本的要求，金缮乃至古器物修复，实际上不仅仅是一个技术活，修复一件器物需要有足够多的知识储备，必须得懂古代的器物。器物的缺损是无法预先选择的，如何在有限制的条件下把物件修得有美感，但是又不能过于突兀，喧宾夺主，这需要一定的美术功底和把控能力。

邓彬其实是位教书先生，住在无锡，在大学教的是版画、民间美术、传统器物。无锡也是江南，却已被改造得很现代化了。他还过着看书、喝茶、散步、听音乐的悠然日子，要工作也要身体先舒坦了，气顺了再说。要说最早的爱好倒是有一样——喜欢古家具。因为找不到合格的修复家具的师傅，他就自己动手学古家具修复。古家具和漆艺有许多相关联的部分，因为不懂漆艺，但又绕不过去，他决心自己实践。比起一般人，这个决定是艰难的，因为邓彬对生漆有严重的过敏反应，之前一直不敢尝试。

摸索自学漆艺，在这个过程中，他渐渐被漆本身的魅力所吸引。漆太好玩了，可以做很多事，有无限的可能性，同时又是神秘的，很多古代匠作的信息并没有被纳入到之前学者研究的视野。几年前，他搜集资料的时候看到日本有很多修缮过的瓷器。一开始他以为是把黄金溶化了再黏合瓷器，后来仔细一想这样一定不对，因为黄金溶化的温度很高，瓷器遇到会炸裂的。后来才有朋友告诉他，这实际上是一种漆艺。

在只看过图片的前提下，他尝试着去金缮自己的几件瓷器。漆的黏性大，稳定，关键是这样的天然黏合剂没有化学污染。填补伤口的材料是生漆混合瓦灰，缺口大的话得先做一个木胎，金漆修复周期一般是20天左右，这部分工作隐藏在光鲜的外表之下，不容易被觉察到。漆一旦变干既坚且牢，能耐酸、耐热、防腐、保护器物。将漆面磨至光滑平整，顺着漆流动的方向进行擦拭，不残留多余的漆。

用漆黏合好断面，伤口缝合，器物已经复活了。接下来，邓彬在接缝处用金粉进行绘画，这绘画需要顺应事物的自然状态，是因地制宜的，要尊重破碎之美，需要一点想象力，需要一些情怀，又不能过犹不及。勾勒金骨山水，用的都是美学功底。绘画后再做罩漆，金漆的部分几天就可以完成了。

做这事的初衷完全是因为学漆过程中的一个尝试，完全没有想到之后会如此不可收拾。在日本，金缮主要用于修复瓷器，邓彬把范围扩大到紫砂、陶器、玉、玻璃、玛瑙等。每件东西都不一样，每种残缺都是新鲜的。

邓彬使用的工具有很多属于自己自制的，也有很特别的。大约做金缮的人都梦寐以求地希望拥有一把好的发刷，用于涂漆，或当画笔描绘。他的工具来自日本，一只老鼠毛笔，一把姑娘头发刷。老鼠毛笔是取自大老鼠背上纵长最坚挺的毛制成，每只老鼠身上只能取几根，这样的毛笔更有韧性和弹性，笔锋极细，不粘油漆。而发刷最好用的是十七八岁姑娘的头发，制成的刷毛很软。

逐渐有人知道他在做金缮，于是那些打碎了心爱物品的人们络绎不绝地登门，希望得到帮助。他也尽量接下有把握的活，毕竟这里面有深深的信任。对每一件破碎之物，都要怀有悲悯之心，投入情感，才能做出令人满意的作品。

每次金缮做完其实都有遗憾，心中会想象可以做得更完美的地方。这个没有任何捷径，是手作就一定会有遗憾，手艺的道路是没有止境的。这项源自日本的传统修复手艺，在做的人少之又少，有时他看到来自日本的顶级金缮修复的物件，又会给自己树立新的标准，促使自己继续努力。

虽然人们大多放弃了修复，毕竟这是费时又麻烦的事情，可邓彬更能体会金缮存在的意义。形而上的意义在于，人们通过金缮明白：残缺并不是失败或者是绝望，它可以是一种新的开始，美丽而又体面；形而下的意义在于：金缮不仅好看，而且好用，金缮没有化学物质，纯天然，对人体没有伤害，所以被金缮过的茶壶可以继续用来喝茶。之于中国传统的锔瓷，金缮有擅长的部分，可以和锔瓷互为补充。

有时我面对金缮后的器物，对比起来，觉得未破碎前的原物竟然显得太不够回味。金缮的本意在于，面对不完美的事物用一种近乎完美的手段来对待。用金，用世俗观念里最昂贵的材料去修补伤口，是对缺陷的尊重，是对生命无常的接纳。

邓彬修补一只瓶口全碎了的德化窑白瓷花觚，修补后金色的裂纹苍劲有力，他插了松枝进去，摆在桌子上，成了美妙一景。他说重拾破碎而不失尊严，抚平伤痛却有新欣喜。也许生活中的诸般不美好皆可以温柔对待，或者亦能别开生面。

木头需要懂它的人

木头需要懂它的人，女人也一样。遇到不欣赏的人，美丽也是白美丽。

一块好的木头，到了木匠手里，经过巧思、设计、制作、打磨成为一件家具，再被新的主人带回家。也许就是陪伴人一辈子的事；也许传到儿孙手里，那就是几辈子的事了。有点像男女关系，不是聊得来就适合在一起，不是在一起就永远会在一起，不是永远在一起就真的合适。

对木头的喜爱是一种情结。常常怀念小时候家里的那些五斗柜和书桌，厚重到不能再厚重，承载着从来也搬不动、推不倒的童年。在这方面，木墨先生是跟我一样的人，他跟我讲小时候大伯家里那张八仙桌，全家人围坐在一起吃饭，整张桌子已经很老了，散发着酱油的味道，没人当它是宝贝。可是没了它，吃饭都不香了。

还有老房子的柱子，是与伙伴们围绕着嬉戏玩耍的道具，可以怀抱着转圈，笑声也顺着柱子攀爬上去。旧式办公桌很多抽屉里，放着木墨先生的弹珠、贴画、玩具，每个抽屉都有归属权。

木墨的父亲是位手艺人，才艺和天赋令人羡慕，会做很多东西，擅长雕刻。父亲从 20 多岁起就开始带学生，一边做手艺一边教人，现在已经有了 80 多位学徒，逢年过节的时候，有些人还会来看望他。父亲是一个要求很高的人，木墨画不好的时候，父亲会抓过纸来一把撕掉，完全不把他当小孩子看待。父亲对儿子期望很高，送木墨学习钢琴，他却叛逆坐不住。这样也许辜负了父亲一些期望，好在家里有很多画册，一些进口的书籍，木墨会自发地去翻阅，并没有太离经叛道。

但他也绝对不是一个墨守成规的人，从来没有做过朝九晚五的工作。先是开了一家陶瓷工作室，关闭了。又跟朋友一起开了一家影像工作室，还策划了影像展，在当地非常新潮，没多久也倒闭了。最后又做过一个公共艺术公司，结局还是很惨。他是一个随性惯了的人，却一直没有定性，看上去是一个经历丰富，追逐时髦，风光短暂，却一事无成的年轻人。

木墨怀揣着种种不甘心。也许，一个人的弱点往往会成为一个人的长处。

木墨在杭州学习陶瓷的时候，淘到过一个陶瓷老鱼缸，后来买了几条鱼，觉得好看极了，于是想放在书桌上天天可以看到。只是看到书桌那多层板的桌面，涂着一层难看的油漆，像一张不合时宜的假面具。木墨忍无可忍，觉得非要换一张桌子不可了。于是他开始去逛各大家具市场，结果还是空手而归。这件事情让他一直耿耿于怀，直到他有机会制作了自己的第一张桌子。

比起父亲，木墨与木头的结缘更像是一个机会主义者在时代下的反应。有位朋友帮人设计了一套别墅，里面的家具就委托他制作，这单生意有盈利。从此，木墨就开始陆续接了一些定制的单子，开始自己设计生产直到如今。

木头教人沉着。

木匠是一个安静的活，从拿到木头那一刻开始，便要思考。做一件家具，开始就要设定全部，比如用什么木材、采用什么工艺、使用什么五金件，以及涂料、造型，甚至成本。

刚开始做木工时，只有木墨自己在一家家具厂里倒饬。做的并非是大件，而是用制作家具木材的零头料，通过激光切割成的小件挂饰，木屑四飞，散发着原木的味道。这年的圣诞节格外不一样，圣诞树上挂着的是他亲手做的木质圣诞挂饰。他还奇思妙想地把木头打磨成鹅卵石的形状。由小入大，他又制作了烛台、衣架、凳子，一直到大件的桌和床。木墨在做的，都是生活中用得到的物件。

柯布西耶说："一项任务定下来，我的习惯是把它存在脑子里，几个月一笔也不画。人的大脑是一个匣子，尽可往里面大量存入有关的信息，让其在里面游动、煨煮、发酵。然后，到某一天，喀哒一下，内在的自然创造过程完成。我抓过一支铅笔，一根炭条，一些色笔，在纸上画来画去，想法就出来了。"这很好地诠释了设计的过程，首先需要有对材质的了解，然后才能去了解结构的可能性，要对造型比例本身有敏感度，还需要了解各种表面处理技术。

就算是不完美的木头，如那些通常被认为是缺陷的树节、树瘤、开裂的材料，只要用心去理解，巧妙处理，甚至会比无瑕的原材更有魅力。

有桌子做出来后开裂了，很多人就退货了。木墨倒是不担心，在木板之间打上蝴蝶榫，让木头看上去稳定，再用黑胡桃燕尾榫来定型，好似木头之间的对话，最终结果超乎想象。对于他来说，这个过程不是输赢的斗争，剩下的只需要等待是否有人接受它。

榫卯是中国传统的木艺手段，比起电钻等暴力手段，更加细腻温柔，对木工的技术含量也有更多要求。木墨好像特别钟情传统的燕尾榫，他的家具里面常常会出现这些类似的结构。让木头互相咬合，减少收缩和胀开的破坏性。他做书架、衣架等都是无一颗钉子的。越是简单的结构，越要用内部精确的榫卯衔接和有效的咬合才能成立。衣架就像一棵树，只需要一颗螺丝就可以组装使用。树枝部分组装是循环式的，每根树枝会关系到另外的树枝，最后通过一个小小的木榫锁定了全部。

他不喜欢贴皮，喜欢木蜡油手工擦拭出来的感觉。他喜欢手工车床。他说："因为手工的不精确性，使得每一块木头都是各有品性的。"

再有就是等待。一款九斗柜，红橡木外框，黑胡桃木抽屉，曾经因为没有合适的拉手，被他搁置在一边。在成千上万件拉手中竟未发现一件合适的，宁缺毋滥。直到有一天，朋友从国外带回一批古董拉手，他觉得这感觉对了，那种被人手触摸过无数次而散发出的味道，不是刻意的做旧能替代的。

只是木墨觉得自己永远达不到父亲的高度，没有他手艺的精湛。父亲那种不怕麻烦的劲儿，是一代人跟一代人的差距。父亲曾经专注于一块木头雕花，同样的手工活花了别人三倍的时间，工厂里的工人都同情他的繁琐。

而木墨更喜欢简单，也许是一种懒惰，他更希望呈现原木的形态，那就是木性。曾经他看到一块砖头掉在地上，把木地板砸出一个坑，引起了木墨的思考，他用同样的尺寸做了一个木头，木头有硬度，却不会带来伤害。木头跟泥土一样，有气味，有色彩，有收缩比例，气质丰富，都会让人感觉安全、自然。

生活上一切安顺。木墨已经拥有了4000多平米的工厂，办公室大概160平方米，是一个老房子，空间有利于整体的表达，里面放的都是木墨喜欢的家具。他早上7点多醒来，8点吃早餐，在家散漫地看看书，也会写点字，安排下午的工作内容。中饭一定要在家吃，带着恋家的味道。下午去工厂工作，换上工作服，袖口是紧缩的，没有衣摆，做小产品时要套上围裙。5点半左右收工回家。需要调节的时候，他带上相机去郊区转转，消失在森林里。他喜欢红橡木和黑胡桃木，觉得红橡木有阳光的气味。

给人以好的东西关乎信誉。这是手艺人的父亲告诉他的。于是他对自己的要求就是坚持操守，每一件物品都像是做给自己一样地做给他人。过去的手艺是建立于一种系统和关系上的，比如师承，比如主顾之间的互相尊重。每种手艺都有不同的规矩和模式，这些应该都已经成为过去了，传统的师承关系和手艺人的规矩越来越淡薄了。虽然现在不同了，但核心不变。

我有一件木墨先生家的黑胡桃木砧板。来的时候，它被装在一个铺满木屑的盒子里，如今不使用充气垫和带泡泡的塑料包装已经很罕见了，那些木屑也算是物尽其用了。木砧板盛放面包和糕点，每次吃饭都好像在野餐，心情也很轻松。木纹很清晰，手工的痕迹很重，也有人看到了说粗糙，还想替我打磨。我说千万别，这才是这个砧板的独特之处啊。越是朴拙，越是可爱。

虽然我们的住所不会因为一两件家具改变什么。但是与天然的木头生活，能闻到生存的气息，这样离自然会更近一点点。自然远比人类社会简单。人的快乐，大都是自以为是的快乐。可动物和植物的快乐，却是真快乐。

木头的存在可以很长。人生短，在有生之年，希望有中意的家具陪伴，任意地留下痕迹，那都是真真实实生活过的证明。

打铁李，铁打出

李共标有个外号叫“打铁李”。显而易见，他是个铁匠，他打的铁器名叫“铁打出”。铁匠也算是一门很古老的职业了，打铁很传统，可他又不是打传统的铁器，是加了个人朴素的意愿和审美在里面的。

若不是因为打铁李的朋友为他办了一场展览，恐怕我们没有人会认识他。他是生活无比简单，又有些封闭的人。打铁的工作室安置在杭州一个山头上，白天上山打铁，中午下山吃小馆子，下午继续打铁，晚上下山睡觉，独来独往，一成不变。

工作在山上，是因为打铁噪音大，在城里会扰民；住在山下，是为了上山方便；下山吃饭，是因为他不会做饭。因为能让他醉心的也只有一件事，就是打铁。

铁匠办展览，大家是好奇的。展览介绍上写着这样一个颇有禅意的故事：在印尼世界文化遗产千层佛塔有一个导游。他每天环绕佛塔上下几十圈，佛塔的故事讲上几十遍。他把石刻的故事描述得极为生动细致，就像一尊佛一样，几十年如一日在那里为游客们讲述着。

打铁李是一个不会表达的人。选这样一个故事，想必他跟导游是有共同之处的，人本来就是这么简单，很小的事情，值得用生命去投入。

展览并不大，只有90多件展品，但每一件都出自手工打磨，没有一件重复，是打铁李花了接近三年时间积攒的作品，其他的都被客户买走了，毕竟这是他唯一的经济来源。很多人见到打铁李的铁器，都以为那是出自一位年迈的老师傅之手，见到打铁李，多少有些惊讶，吃惊于他的年轻，与那些年老铁器是有出入的。他很瘦，但很结实，能看得到手臂上的青筋。他的眼睛是属于年轻人的，可他的神情又是含蓄的，国字脸，眉尾稍稍下垂，看上去谦逊忠厚。话不多，语速缓缓的，跟这个急煎煎的时代背道而驰。

过去铁匠打的是砍刀、茅刀、锄头，打铁李打的却都是茶器，准确说是喝茶的道具，茶盘、茶托、花插、炉子等，能让整个茶席呈现另一番局面。这些黑幽幽的茶器没有多余的修饰，结构简单，表面保留了自然的纹理，是被雨滴长久敲打而出的坑洼，或是被水冲刷而出的痕迹，这种浑然而成的纹路是天造的。

茶席上的物品大多精致，陶瓷是剔透的，竹节茶道六君子是雅致的，粗犷的铁器似乎跟茶席的温婉不搭界，可茶席终归讲究的是自然之气，从这点上讲，铁是大自然的造物，铁器的加入让整个茶席的质感变得端庄，并不显奢华，却是一种苍朴。加上打铁李做的都是衬托用的茶具，以刚衬柔，就连插在铁瓶中的花，都显得更加娇艳。

早年他跟朋友喝茶，看着竹木为主的茶器，心里就琢磨着，如果用铁器来替代会是怎样的喝茶氛围。他爱自然，喜欢收集石头，喜欢老木头，喜欢火，那些老的天然之物会呈现出时间的痕迹。于是打铁，他用的铁坯跟别人的也不一样，他专挑老钢铁。他去周边工厂收些铁板，去废品集中站买废弃钢铁，那里人都笑他傻，说他挑回去的钢铁都是扔了没人要的，送去废品回收还要先碾成粉。日子久了，收废品的人都认识打铁李，也懒得理他的怪癖，反正给他旧铁就对了。

他曾经做过一件文盘，自己很喜欢。盘面有许多大小各异的凹陷，是长时间曝晒雨淋下形成的纹路，那是大自然的鬼斧神工。后来他又特意去了那家工厂收这样的钢板，却再也没有碰见。使用这种钢板还有一个好处，原本板面就有一层氧化膜，制作过程中又给表面添上了第二层氧化膜，这样的铁器往后无论身处何种环境，都不易再生锈了。

时间是无形的手艺人，可以在钢硬的钢铁表面留下痕迹。能找到水纹肌理的坯料是让他最兴奋的事，他常常为大自然创造的美而感动。就好比他在工作室院子里种了花草，种了枫树、桂花树，观察四季变化让他觉得大自然妙不可言。他也会花很多时间观察静置在空气中自然氧化的铁器。几乎每一个都会慢慢在表面形成一层亮晶晶的膜，仿佛神来之笔。这样的变化并不稳定，新制成的铁茶器一般需要三四个月的时间，才能完全适应周围环境。

但打铁到底可能是最苦的工作了。因为太热爱打铁，爱到无法肆无忌惮地去谈论，他大把大把的时间都窝在自己的铁铺里打铁。每天一早进了工作室，第一件事就是生火。火苗跳跃，铁坯放进火里烧，温度会达到 800 摄氏度以上。夏天的时候，他就把衣服一扒，光着膀子一手夹着烧得通红的铁块，一手抡起锤子往下砸，锤子要高举轻放，锤子落在烧红的铁坯上，发出清脆的叮当声，火热的铁屑四处飞溅。每一个小锤的落点，都需要他眼疾手快。

就这样加热，捶打，再重复加热捶打，然后加热修复、精修、退火，茶汤处理表面包浆到最后完成，至少需要重复 5 遍。穿着围裙，戴耐高温手套，鞋子要厚实，不怕火花烫，他每次工作都是在高温中进行，一整天就对着那些锤子、刀子，还有烧铁用的火炉。即便是很简单的事情，想要做精也是非常困难的。

古人有虔诚心、敬畏心，以对生命的感悟来塑造它们。

花上一个月精工细作一件，对每个的纹形、缺陷都了然于胸。

每一件物品都是以锤打方式来完成的，铁的延展性是所有金属中最低的，整个过程中，一块铁坯加热、捶打、延伸，各个细部的锤打力道都要掌握恰当，以及弯曲连接处的成形处理，一不小心就可能前功尽弃。

打铁是一件极其孤独的事情，打铁李在寂寞中听着有规律的敲打声，那节奏是他独享的音乐，他期待着每一次煅烧敲打后的效果，在没有秩序中自己建立了秩序，忘记了一切烦恼，也不会想家。他似乎注定就是要做一个手艺人，从16岁拜师当石匠开始，就是做最考验人意志的工作。在最累的时候，曾经接的订单让他足足一周内每天工作20个小时，人都要有一次机会试探一下自己的极限，最艰苦的岁月他都挺过来了，如今的打铁反倒成了享受。先选自己喜欢的样式做，做到没灵感时就换一块铁坯打。

小时候，他曾经在梦中梦到自己到杭州玩，曾经在大人背后看见窝棚里铁匠师傅如何打铁，最后他真的成了一名铁匠，并摸索出自己的独具匠心。每一锤都是重复，每一锤都要拙和痴。打铁李的心血是靠一锤一锤敲进自己作品里的，那里容得下1000摄氏度的高温，容得下千锤百炼，容得下大把大把的时间，是最漫长的修炼过程。

无所谓结果

是否成功，

最起码

对得起光阴岁月。

把时间浪费在最美好的事情上

手艺投入的是时间，倾注的是感情。
微小而珍贵。
整个社会向前走，
除了冲在前面的人，
也需要慢吞吞给人安定感的人。
就这么过下去，
把时间浪费在最美好的事情上。

足够浓了，才能淡得下去

结缘一个人是可以从结缘他的产品开始的。那么算起认识若谷，要从特质古法酸梅汤说起，酸梅汤是属于小时候的味道，是酸酸的，甜甜的，凉凉的，是对抗了无数个炎热的夏日的记忆。长大后，再也没有喝过煮了晾凉的酸梅汤，只有那些瓶装的饮料。朋友送我一盒酸梅汤原料包，红纸包着原料，配了一小包桂花，调味用的，还有一张木活字拓印说明书，竖写的制作方法，纸张上还洒着金碎片。

在过去，喝酸梅汤解暑是件稀松平常的事，如今变得郑重起来，却也是为了健康，就在家熬好冰镇，味道酸甜适中，余味滑滑淡淡，完全没有外面喝到的甜得腻人、余味又发苦的感觉。最后撒上桂花，香气婉约纯净。

从此便记住了若谷的名字，秋天来临，又收到了一瓶桂花糖露，对他这个人也产生了浓厚的兴趣。朋友买的多，有天快递来送货，这位快递书生气很重，穿着质朴，戴着细细的板材眼镜，对一瓶瓶桂花糖露爱护有加。后来才知道，这位快递小生就是手艺人若谷，他怕瓶子碰坏，竟然亲自开车送给客人。

他的桂花糖露前前后后花了整整一年的时间，用时间沉淀，让味道醇厚。对于大自然来说，这不过是一个四季的轮回，但对于他来说，却是手艺人的耐心和等待。前一年用古法将桂花秋天的味道保留下来，和以五月青梅与海盐，咸甜交错。桂花需要精心挑拣，去除花托、花梗、树叶、甲虫等，再用海盐进行腌制，去除桂花的苦涩，最后与梅子酱的混合，使得桂花的甜腻变得柔和，富有层次。最后完成的糖桂花，若谷用一枚朱红色的封腊封存在透亮的玻璃瓶子里。所有青梅的酸、盐卤的咸、砂糖的甜、桂花的香，都隐匿在了他双手捧着的那方天地里。

认识了若谷，开始慢慢了解他的故事。若谷取之《道德经》“旷兮其若谷”，讲的是胸怀阔达像高山深谷，是一种接纳，是包容，是用现世的心做传统的事，把传统的物用现代的手法来诠释。很多手艺人出自匠工家庭，若谷是半路出家，早先在一家代理意大利进口橱柜的公司上班，意大利人精湛的手工同样体现在了这些厨房设备上面，实木面板上的装饰件件亦是艺术品。也许是从那时候起，他迷上了手工的专注和细腻的触感。

2007 年，朋友从泰国带了手工皂给若谷，手工皂不同于工业生产的肥皂，用起来非常舒服。朋友们知道他喜欢动手，就鼓励他自己做肥皂。若谷边学边做，上网找很多资料参考，印象最深刻的是台湾阿原，并暗自把他当作自己的老师。对自然、对土地的热爱使他受到很深的影响，也让自己可以一步步走下来。

肥皂有关身体与清洁，清洁是人在世上的重要修行之一。皂是油脂与碱混合产生皂化反应而成。从设计配方开始，针对不同肌肤的情况，设计出不同的配方。浸泡所需要的油脂，将草药浸泡在基础油中至少 3 个月，期间每 4 周还需更换草药一次。将浸泡了草药的玻璃罐放置在阳光房中，让植物的能量在自然的温度下进行交换混合。做皂如同料理，能做与做得好是两回事。除了基本的知识，更多的是经验，很多不可控的因素都会影响到最后的品质，说每次都是不同唯一的，就是这个原因。做好的皂裁切好需要在自然通风干燥的环境下晾干，为的是让水分干燥和碱的数值下降。这样需要 45 天左右的时间，45 天内还需要修边、盖章，最后擦拭包装。自然之物，会随着时间变化，变得温和，变得细腻，似有若无又真实存在。

诱惑太多，如何才能忠于自己的内心，只有静下来才能知道。每个人都有想要避世以寻求内心的宁静的时刻，但最终若谷发现，所有靠外力获得的东西总将散去，心安即是归处。心念纯粹的时候才能耐得住当世的琐碎与浮华，这才是我们都在找寻的自己，真正的你。没有一件手作是一次完成的，特别是材料的等待，有周期也有机缘。等到了满意的材料，更要专注于手工的事物，十指与心相连，用手记录时间，情感会在手中物上体现。无论做什么，都期待着来年更丰，有一种甜蜜的盼头。

去年，若谷将工作室搬到了新地方，是一栋位于浦东康桥的别墅，有一个院子。各个空间划分得很好，他相信阳光能给人们带来更多的能量，这所房子的阳光很充足。这里是他的作坊，也是他汲取力量的能量场。

他的每一天从做早餐开始。起床到出门会花上两个小时。准备早餐，坐在客厅晒晒阳光，吃，收拾房间，然后出门。从家到工作室10分钟的车程。由于每个季节都会做些特别的产品，夏天的酸梅汤，秋天的桂花糖露，冬天的护肤保养品，以及一年四季都要做的手工皂，所以工作的内容也会不同。

有时候在工作时耗费大量时间都只是在做准备工作。酸梅汤配有木活字拓印的说明书，告诉客人如何才能煮出好喝的口味，一份份地拓，一天可以有几百份。手工皂所需要的植物油基本都是事先浸泡了草药再过滤的，浸泡是为了萃取草药中一些对皮肤有效的成分，至少3个月。几乎所有的环节都是手工完成，其实每天都是非常琐碎繁杂的小事，一件件组合成完整的产品。

努力做好但不苛求。那些不完美的事物同时存在于完美之中，不留遗憾不如留点遗憾。遗憾本身不在于物的好坏，而在于你内心。尽力了，即使失败，也不会是遗憾。

简单的事情反而会让人更快乐，有时候仅仅是工作后一顿简单的晚餐。现在的生活很舒服自在，有可自由支配的时间，做自己喜欢的事情，不被物质所困。双手做工，养活自己。这是一种理想的生活，触手可及。

有人对若谷说，因为他，全家的生活方式都受到了潜移默化的影响。从碳酸饮料到自煮的酸梅汤，从沐浴露洗面奶到手工皂，甚至是对待生活、对待食物的态度。这样健康的与自然更接近的生活方式被更多的人去接受并喜爱，由一件产品作为载体去传递表达。这是他一整年记忆最深刻的事情，很满足。

若谷慢慢发现身边有太多手艺人，做木工的，做皮具的，做陶艺的等等。从不同的人身上可以学习到很多东西，每个人都是老师。手艺是一种谋生的手段，很多手艺人兢兢业业靠着手艺吃饭，也支撑了家庭。同时，手艺是与自己沟通的方法，打磨的是你的心性。手艺对于他来说，是传统的保留，是生存的方式，是获得尊敬的途径。

这些年，因为长时间的手作，若谷越来越向内，而内在的东西又以产品的形式向外表达。这可能也跟年龄的增长有关，变得有力，而不是尖锐；变得温暖，而不是触不可及。但他的内心却朝着一个更孤独的方向，松浦弥太郎讲“幸福是与人交往，并加深羁绊”，大抵如此，越来越游离在交往之外，一颗淡淡的心。

手作是一种生活态度，是对抗这个纷扰世间的简单心。若谷愿意怀着感恩自然的心，找寻古法，还原古味，用敬天惜物的心，道法自然的意，在人们身边点滴陪伴。

把时间浪费在最美好的事情上

如果整理遗憾，那么我最重要的一个遗憾就是还从来没有亲自做过一件衣服。妈妈在我这个年龄不但为我和她，还有邻居、同事及其小孩做过很多衣服了，家里的《南方周末》《齐鲁晚报》都用来打版，缝纫机、锁边机在脚下踩得风驰雷电，呼呼作响。朝九晚五的刻板生活里，做衣服和跳交际舞是热爱时髦的女人们的消遣，要穿了自己做的独一无二的连衣裙跳舞才最美，当然她们还有烫卷的刘海和变速自行车。因为做衣服，对小孩子的成长格外敏感。小孩子长身体，裤腿和裙摆的布料往往被收进去一块，长高一些，就拆线放出来，再锁边缝起来。

尽管我也买过布料，去裁缝店做过呢子大衣、连衣裙、衬衫，甚至旗袍，可自己亲手做一件衣服从未真正实现过。心中对做衣服这件事有种莫名的憧憬，觉得是一项很高贵的体力劳动，是身心合一的修炼。

几年前我看宁远做衣服，她还是一个小有名气的主持人，只是跟别的主持人不一样，生活里喜欢穿宽松的布衣服，给人的感觉特别舒服、自然，没有雕琢之气。做衣服，觉得她只是一时兴起，没想到这么多年过去了，她还在做衣服，并且做出了一番气象。她小时候就特别喜欢做手工，会织毛衣。她的第一件作品是一根毛线裤腰带，本来是想织成发带来着，可是织到足够的长度了不会收针，妈妈又不在家，只好不停地织啊织，等到妈妈回来已经长到可以送给外公做裤带了。外公那个时候穿老式的大脚裤，很需要这样一根裤带。宁远怀孕的时候，终于有空暇做包包，买碎布头，拼布做一些造型可爱的手工布艺。她照着网上的教程加上自己的理解，给肚子里宝宝缝罩衣。

后来比较完整地做出一件真正的衣服是在几年前，拆掉一件喜欢的衣服，把每一块比着形状画在纸板上，再找来另外的布剪下来缝合，这之后又把拆掉的衣服再组装。用的是很笨的办法，但是很有效，这么做一次就对服装的结构、做衣服的步骤和工艺有了解啦。

我们已经很少做衣服了。流水线上的机工不算是裁缝。裁缝得会挖兜子、会做袖子、做领子、做帽子、做衬衣、做大衣、翻里子。宁远和过去的裁缝又有不同，先出创意，然后画图、电脑制版、选料、裁剪、车缝、熨烫、手工。有时比较喜欢拿到一块布之后再来想象它应该做成一件怎样的衣服，比如车缝的过程里可能需要先熨烫再车缝。每一步，都走得踏踏实实的。

也许对于裁缝来说，最重要的是能表达衣服背后的东西，衣服可以给人的感受是很复杂的。好的衣服能巧妙地修饰顾客的身材缺陷，比如溜肩的人，可以通过衣服让肩膀相对平衡，粗胳膊和水桶腰的身材也能获得曲线，那些并不完美的身体在衣服中遮盖了缺陷，获得了理解和宽慰。好裁缝不仅要懂得人体的结构、服装的受力原理、面料的特性，所做的衣服还要穿在身上美观、合体、有舒适感，而且穿到什么时候都不变形。

以前从未想过会把做衣服当作一件正经的事来做。任何一件事情，只要深入进去，都能发现乐趣，碰巧宁远在做衣服的道路上走得比较远，这么走下去，越走越好玩。那种可以轻易达到的，感观的、刺激的东西已经吸引不了宁远，那些比较难达到的，但是可以通过努力往那个方向去的事情才有吸引力。意外的是做衣服养活了她，是一种踏实。以前做主持人，常常会感觉到自己的命运不是你自己能掌控的，但是做衣服，这是一份努力就会有回报的工作。

宁远说，不知不觉就做成了现在的样子，慢慢有了一套属于我们的流程，慢慢感觉到压力，也慢慢看到更多希望。做事情就是这样，一开始想得很美好，做的过程会有烦恼，很多很多的烦恼，也有摇摆和质疑，但是一回头，一路上那么多收获、友情、经历，克服困难的快乐……于是又变得坚定些。

有个女孩子给宁远发私信，说她想开家花店，但是又怕离开现在的单位会失去安全感，宁远跟她说："自己做事是有风险的，这个风险包括：（1）经营的风险。（2）梦想在实现过程中被繁杂事务磨灭掉激情的风险。"在她看来，第二个风险对人的考验更大，对人生的损伤也更大。

时刻提醒自己，要对第二点保持警惕，什么时候有敷衍了有懈怠了，就会警觉：想想当初是为什么出发的。困难都是琐碎的，很多人往往都最忍受不了琐碎。宁远爱这种琐碎。为一件衣服的几颗扣子逛遍整个市场，一个版前后改五六次还达不到想要的样子……这样的琐碎，本身包含着美好。

也有一个女孩写信给宁远，她说每次穿上宁远家的衣服就会有"要好好做人"的感觉，这个让她特别感动。她的衣服也许永远不会成为流行，但却是她与世界对话的方式，过一种忠于内心的真实的生活，也许这就是物质所蕴含的精神的意义。

"制作衣服最终是为了穿上它。只有当成衣穿在一个活在当下的人身上，每分每秒经历着爱恋情悲，这一瞬间，衣服才算完成使命。这也是衣服本来的命运。"人这一生，对衣服永远是不满足的。同一件衣服不同的年纪穿，是不一样的感受，压箱底的衣服翻出来，又拉回很多记忆。

每一天活在真实的生活里，享受做每一件事，每一件衣服。“我爱的人们他们已经出现，我现在要做的就是好好爱他们”。身边的人和宁远自己正在做的事情都是这样。给人做衣服是很幸福的感觉，为你爱的人缝衣服。宁远的女儿穿着的都是她亲手缝制的衣服，她也为很多妈妈做亲子装，用天然的布料，质朴的花色，想穿什么，就做什么，不要去想灵感，随心所欲。这是一个对自己彻底诚实的人。

手工的一针一线投入的是时间，倾注的是感情，微小而珍贵。整个社会向前走，除了冲在前面的人，也需要像宁远这样慢吞吞给人安定感的人。她只想老老实实地做衣服，摆弄素净的布头，希望衣服不仅是穿着得体，还可以改变人心，衣服也可以用特殊的方式改变世界。每天和孩子相处，然后就是写字读书做衣服，就这么过下去，把时间浪费在最美好的事情上。衣服和写字一样，需要很强的感受力。任何一种生活过久了都是一样的，不同的是每个人在心里经历的东西。

时间在照片里流淌

夜晚，洒水车将这条小路淋得湿漉漉的，有泛着白色的月光和橘色的路灯。垃圾堆在门前，街角的一头有人在扫地，马上就要轮到这里了。苏二从打烊的店里走出来，先锁了木门，然后去拉防盗门。铁门拉动，是金属摩擦的声音，此起彼伏。此刻，整条街道看上去洗尽铅华，明天一早，就会恢复明亮、干净，一扫夜晚的颓废气质。

苏二是这家照片打印店的老板。20年前他就在这里上班了，当时只是一个伙计，社会青年一样的打扮，的确良衬衫扎在灰色的西装裤子里，夏天戴一副蛤蟆墨镜。每天骑着自行车上班，停在门口一锁，就冲进店里。比起接待客人，他更愿意独处在暗房里，虽然那时他年轻，却显得没太多活力。客人总是喋喋不休问同样的问题，“照片什么时候来取”，“可以快一些吗，一点给我冲好”。

他的师傅已经很少进暗房冲照片，因为店里也开设了为人拍摄证件照的业务，客人们都喜欢请年老有经验的师傅拍照，好像分量更重，更庄严似的。苏二正好就免去了过多与人打交道的时间，他带了一台录音机，具备收音机功能，放在暗房，却又很少听。

来洗照片的不仅是摄影爱好者，还得是有余暇的，胶卷是很宝贵的东西。许多知识分子热衷拍照，也有许多人喜欢在景点拍一张经典的瞭望远方的照片，显得意气风发。

拿到客人的胶卷，苏二在暗袋里面把胶卷打开重新缠起来，这个过程完全不能有一点光。重新缠好的胶卷放进冲洗罐里面，那时是一个封闭的罐子，中轴是倒药水的槽。他配化学药水，分别是显影液、停影液、定影液，他用温度计控制着恒温，用计时器计算着时间。一次导入药水，保证足够的反应时间，最后彻底冲洗，清除定影液在胶卷上的残余，定影完毕后用清水反复浸泡、漂洗。胶卷便成了底片，用夹子加起来晾干，在干净、通风、无尘的环境下。

按照客人要求的尺寸印照片，先对相纸曝光，曝光的强度和时间控制也与拍照片时有点相似，不能过度，也不能不足，要恰到好处，这些只能凭经验了。再把需要洗出来的那张照片放在放大机的底片夹上，然后将相纸放在放大机上，设定好时间，这样底片上的影像就到了相纸上了。把初步曝光的相纸放到装有显影液的方盆中显影，苏二拿木夹钳住相纸，手腕灵活地摆动，影像慢慢浮现，对比度越来越强，然后定影，最后冲洗干净。

照片越来越多地挂起来，每天要洗的照片很多，苏二是离不开暗房的。又洗到一组新的照片，到药水里看见一个圆圆的女孩的脸慢慢浮现在纸上，像极了自己的小学同学朱永芳。朱永芳其实是隔壁班的，早操和放学的时候两班的队伍平行而站，一直没有注意到她，直到六年级，她突然就不一样了，大约只花了一个暑假的工夫，人高了，也胖了，却好看了。苏二那个时候最喜欢看的女孩就是她，一直幻想能有一张她的照片，可是他自己没有相机。直到拍完毕业照，他费尽力气从隔壁班男同学那里要来一张毕业大合影，男同学纳闷他要别人班合影做什么，只有他心里知道是为了能存一张朱永芳的照片。

自从上了中学，学习变得繁忙，又和小学同学去了不同的学校，很多人就这样断了联系，后来从一个男同学口中听说了朱永芳的消息，她早不上学了，在一家高档商店站柜台。苏二还是个学生，根本消费不起这家商场，也从来没有一个人去过，却很想去看看当年那个美丽动人的女同学。男同学已经勘探过了，叫苏二不要去了，话语间的意思是，她成熟极了，跟我们已经不是一路人了。

苏二回过神来，这个姑娘的照片都已经洗完了。人是漂亮的，也青春。他动了私心，想要把照片修得更美。工作是程序化的，情感是额外的。任何的程序化中添加一些情感做催化，都会产生惊人的改变。

过去老牌的照相馆里有着一种叫“修片师”的职位。苏二也跟着师傅学了不少修片的美术功底，用极细的毛笔，沾上精心调制的颜料来修复底片或照片上的瑕疵。苏二把胶片的划痕修补，把姑娘脸上的痘痘也去掉了，在她脸上微微打上红粉扑。他重新洗了一遍姑娘的照片，果然不一样了，细腻的脸，宛如陶瓷，浓密的黑头发，连瞳孔都看得清楚，像一朵绽放的花。那天苏二洗照片一直洗到深夜，最后自己锁门回家。

一周后，姑娘来取照片，苏二终于情愿走出暗房。姑娘说，这是她拍过的最好看的照片了。柜台的人员倒是赶趟儿，指着苏二告诉她，照片是这位师傅冲的，技术过硬得很，就是不爱说话。只有平静的人，才能做好事情。苏二没有说出修片的秘密，可是姑娘彻底被这家冲印店征服了，凡是拍照都要来这里洗照片。

有一次姑娘来送照片，对苏二的工作间产生了浓厚的兴趣，想进去参观一下。苏二带她进去，暗房并非黑漆漆的，被红灯映照着的密闭空间，像个实验室，让人警惕。到底要警惕些什么，姑娘也不知道，却有点紧张，大气也不敢出一声。苏二解释，印相纸对于暗红色是色盲的，所以制相片或放大照片可以在暗红色灯光下进行操作。姑娘跟着苏二一起洗自己的照片，看见自己的脸慢慢在显影水中浮现，真是不可思议。每一张照片都像一件精心准备的作品，等待之后才能见到，给人惊喜。在黑暗中，好像偷走了时间的光，在这里一寸寸释放出来，最后把记忆都定格在相纸上。照片被挂起来风干，姑娘觉得有些像晒衣服了，这倒是很女性化的观点。

一边洗照片，苏二有时候也一边琢磨这些图片的构图，拍摄角度、视点高低、空间感、前景运用、人物表情、姿态都是由按动快门决定的。胶卷宝贵，成败都在一瞬间，要多么小心翼翼、多么天时地利、多么精心构思，才能拍一张完美的图片啊。只有这样，才是创作，创作就应该是一件郑重其事的事情。

姑娘夸苏二照片洗得好，想必照片也拍得好。可苏二却死活不肯帮她拍照了，他觉得那是两种功夫，真是不敢给人家拍。苏二又想起了他的小学同学，那时候的他是多么想为她拍一张照片啊，可惜再也回不去了。

姑娘觉得苏二固执。后来流行数码相机，来店里的次数就慢慢少了。苏二是真的固执，一固执就洗了 20 年照片。数码相机遍地，很多人劝他冲数码，买台设备，简单方便，他却不肯。

数码打印已经这么多了，他就老实冲洗照片吧。连曾经风靡全球的胶卷厂商都破产了，谁曾想过胶卷会变成稀有物品。

什么东西少了，反倒剩下的都是最最忠诚的，倒有了人与人的惺惺相惜。好在还有很多喜欢玩胶片的人找到他，师傅早就退休了，剩下他一个人既当老板，又当师傅，他洗得比以前慢了。

一卷卷胶卷投入了显影液中，从一头扯出一段段的胶片，再从另一头将胶片卷起，苏二在全黑的状态下，靠双手的触觉来进行操作，他已经很有经验了，几乎靠的只是手，不给胶片留下任何划痕。把胶片放在玻璃盒中插入放大机，打开灯，抽动胶片，影像映在下面的白板上，调动白板上的尺子，定好映像的大小。关上灯，拿出相纸，放在调好的尺子下，打开灯两秒，胶片上的像投在相纸上，再用镊子夹住相纸一角，投入显影液中晃动。洗照片是个力气活。还好现在没有以前那么多生意了。

数码相机每次按下去，哪里要考虑那么多，尽可拍，尽可删，却也感觉失去许多珍贵的东西。每一张胶片是郑重的，在这样的决定之前是要经过推算的，一思考就慢了。摄影慢，看不到结果，只有耐心等待 36 张照片集齐，像一个周期，结束了才能开始。然后慢慢看到最后的答案，这些隐藏在黑色匣子里的答案在药水中浮现，因为经过了人手，又增添了人情味。像苏二这样的暗房，整个城市已经找不到几处了。他走进暗房，好像从世界上消失了，只能听到烘干机的风扇声和计时器的哒哒作响。

你生活的质地

对于景德镇来说，陶瓷就是全局。任凭时代如何变化，是万变不离其宗的。那些本地人，有些传承家族世袭制瓷技艺，开着工厂；有些则离开这个旧世界，去闯荡了，暂时将祖辈的传承愿望放在一边。而那些异乡人，因陶瓷而来，因陶瓷而留下，是心有所向，也是情有所同的。

这里每个角落都是陶瓷的。喝水用的杯，吃饭用的碗，盛鲜花的瓶，连坐的板凳都是瓷凳，马路上的路灯竟也包裹着青花瓷。陶瓷统治着这里，犄角旮旯里散发出的气质都被规定了。对于外面人来说，用陶瓷是气派的。在这里，陶瓷是街景，是日常，是染了人气的，是稀松平常的。还有那些隔了橱窗才能看到的瓷器，是那些将被运输到世界各地备受珍爱的，是价值连城的。

无论是本地人还是异乡人，对陶瓷都是一心一意的。陶瓷是本地人的命运，异乡人的梦想。留在景德镇，对于孟飞来说是个意外，他本来只是到这里旅行，一个偶然的机会来到制瓷工作室，帮着做一些简单的陶瓷工艺，比如除尘、补水。这是他第一次亲手参与制作，可陶瓷太熟悉不过了，他的专业偏美术理论，也研究陶瓷，而他自己也为古代陶瓷痴迷。来景德镇有个重要目的，就是去每个星期一的“鬼市”淘瓷器。

凌晨三四点，街道漆黑，孟飞打了手电到鬼市，陆陆续续有人出来摆摊。摊主也都打着手电摆摊，客人打着手电挑宝贝，借着手电聚合的一束光，孟飞捡起一片片老瓷片，那些瓷片大都是从地里挖出来的，有些还挂着泥。鬼市上贩卖的还有石器、玉器、木器、铜器、书籍、字画、木雕等。不见得都是真古物，有做旧的，也有二手货，全靠买家的眼力，还要借一点运气。就在手电筒交织的自发市场上，大家讨价还价，这些买卖是用手电照出的信任和交易，手电光如雨点般落在陶瓷上，星星点点的，丰俭由己。

留在景德镇是瞬间决定的，那决定是隐藏在自问后面的，每个人都会在某种境遇下问自己，你真正爱过什么？什么东西曾使得你的灵魂振奋？那么陶瓷便是孟飞珍爱的对象。决定了，但真的要换一个城市生活是重大的命题，是需要从长计议的。放弃的是写作、出国读书的机会，有的只是一股天真的热情。心里清楚，景德镇是制瓷人的天堂，可真要接受这个城市到喜欢上它，花费了一些时间。

景德镇的漫不经心，是有特殊含义的，需要人沉得住气，可年轻人多难慢得下来。那生活也不全然是低檐窄户的古城日子，也有从墙面剥落、日益衰落的破旧民房上直接连出一栋新楼的牵强，急于改造的现代化，生硬地出现在市中心区域里，是经不起推敲的。看了多少有些让人黯然伤神，有多少古城都是这么被摧坏的，多少质朴都是这么被改造得不伦不类。在很多人眼里，发展就是建摩天大楼，就是不断铺柏油马路。还有为了发展旅游所带来的嘈杂，拥挤成一团的车辆，让人忘记了这是个有诗意的江南小镇。

只有陶瓷，让所有的漫长等待和付出都有了意义。从制瓷工作室接触制瓷开始，孟飞才慢慢地懂了一些知识，是实践的，实打实的。那时候他会帮着装窑，才了解到烧窑的重要性，温度决定着陶瓷的命运。在这之前对手工的记忆，还停留在奶奶家的小河边，那里有一片竹林和树林，孟飞在那个地方玩过泥巴，凭借想象做出一些属于自己的玩具。

烧制陶瓷的整个过程细分起来有 72 个步骤，这是千百年传承下来的规矩。景德镇有古窑古矿，高岭土是烧制瓷器的最佳原料。英国人也爱瓷器，他们最昂贵的瓷器品牌也都要到景德镇来烧，用景德镇的土。若简单地说起来，孟飞工作的步骤有揉泥、拉坯、修坯、成型、装饰、施釉、烧成。他说：“陶瓷是有记忆的。”整个工艺过程用到最多的工具其实是手。那记忆从最一开始就产生了，双手触摸泥土，怎样淘泥，怎样揉泥，怎样拉坯，在最后烧制的过程中都会一一显现，揉得不均匀，最初不会发现，最后就会报复性地变形给你看。

我们都会觉得拉坯的过程是最浪漫的，将摞好的瓷泥放入大转盘内，转盘匀速转动，用手将瓷泥拉成瓷坯，手指的挤压决定了瓷坯的形状。手指触碰到柔软的瓷坯，是温柔又有力的，要做的形状在心中是坚定的，下手却是轻缓的，这个过程好像两个人在恋爱。之后还要修坯，是两个人相互了解后做出的改变，把厚薄不均的部分修刮整齐和匀称。

用清水洗去坯上的尘土，接下来画坯、施釉。一笔一画地画，那又不是当下的技艺，是积攒在脑海里的美，非常个人。这些与孟飞多年在做的古陶瓷研究关联很大。他的陶瓷是带着古典主义色彩的。他为收集的古陶瓷片办过展览，那些色彩艳丽的瓷片虽然只是器皿的一角，但也可以从中想象出当时这件陶瓷的夺目，毕竟过去没有现在这么多颜料，全部要依靠植物和泥土的颜色去调制，多不可思议。还有那些绘制了古代生活的瓷片，记录人是如何劳动的，有的描绘了美人的服装和神态，有的则画出了四季的美景。人们没有过多的娱乐，没有影像，就在陶瓷上拥有了四季和美。

精雕细琢的瓷坯，在窑内经受几千摄氏度高温的烧炼，是破茧成蝶的过程。经过几天的烧炼，瓷坯已变身成精美的瓷器，开窑的那一刻真像恋人的久别重逢。那也是检验爱的时刻。

据说是不是景德镇陶瓷，看三点便知：一是听声，景德镇瓷器敲击的音声如磬、钟一样声音清脆，越清脆说明烧成的温度越高；二是看光泽，景德镇瓷器明如镜，光洁亮度非常好，釉面也光滑如玉；三是看图案，景德镇的陶是真正的手工精绘，只有手绘，才能件件不同，才传神。

古代的制瓷人在元代就开始有了，当时设立了匠籍制度，受官方统治管理。那些制瓷人要么是在体制内工作，要么是自成一格，但都得到较高的社会尊重。现在的制瓷人，尤其是年轻的人参加，越来越少了。这里被封名为“大师”的制瓷人不在少数，可又良莠不齐，没个定论。大多数人在这里是靠陶瓷维持生计的。

也有不少有一定年纪又经验丰富的师傅。孟飞的工作室也会请这些老师傅来帮着烧窑，他们程序化地工作，没有差错，却也不会投入太多情感，收工就领了当日薪水去打麻将了，过小日子去了。对于老师傅来说，手艺浑然天成，是用来吃饭的，没有什么比这实惠。可对于这些为陶瓷慕名而来的异乡人，这手艺是奢望，是比传内更想得到的传外，是要付出更多心的。

孟飞刚来到景德镇没多久，遇到一个很有灵性的女孩子，陶瓷绘画也很有自己的见解。在古镇老村谈一场恋爱，也是很难得的，城市里的爱情是在咖啡馆、电影院里的；景德镇的爱情却是在飞檐翘角、青砖黛瓦下的。只可惜，孟飞那时太自我，也没有长时间与人相处的经验，最后不得不分开。也有朋友说他性格比较奇怪，有时安静得可怕，有时又说很多话，常常活在自己的世界里。他的陶瓷工作室名叫“无人问津”，倒是像极了朋友的描述。

也许孤独并不是一件那么糟糕的事情，一个人生活也许是暂时的，可显得自得其乐，时间也都花在了手艺上。孟飞本人真是书生气很重，像个旧时学生，五官也清晰，眼睛明亮。他是这么年轻的手艺人，而又是一位虔诚的佛教徒。他和师父认识是一次偶然的机会。当时他在湖北黄梅四祖寺参加一个禅修大学生夏令营活动，刚好友人打来电话说师父到了杭州，问他要不要来杭州一见。他便到杭州径山寺与师父一见，巧的是径山寺恰逢出土了一些古代瓷器标本，需要孟飞过去帮忙整理记录。径山寺周围有成百亩的竹林，文人墨迹甚多，是风景如画之宝地。他和师父开始天南海北地聊，心情极为舒畅愉悦，而另外两位友人正是找师父为皈依一事而来。觉因缘成熟，孟飞也便于径山寺皈依了。

我也是后来才知道孟飞是白衣居士这件事。他说之所以不曾向人提起，是觉得佛教或者宗教不是用来讨论的，尤其佛教本身更注重实修。上师的时时指引，让他明白事物存在的真正意义，是如何保持自身不为外界所惑。每次通过和师父的闭关禅修，会更容易接受很多事情，之前自我比较狭隘的想法和格局被不断打开。孟飞喜欢喝茶，且爱喝白茶，这也和师父是福鼎人有关。师父的家乡很美，竹林片片，溪水环绕，民风淳朴。在这样的地方你会更能感觉到生活本来应有的面目，日出而作，日落而息，人生不就是这样吗？

过一段时间，孟飞会跟师傅在寺院里闭关修行，断除与外界的一切联系，全程止语。有时他需要比别的师兄起得更早，四点就要起床，然后打板让大家起床。通过每天的打坐、行香和功课，帮助他找到初心，看到自己本来应该有的样子，静下来，不慌乱，这样也就更容易平和地接受发生的事情，无论是好或不好的。

孟飞会在景德镇接待从都会而来的朋友，这时就有些像本地人了。远道而来要住上几天的朋友，是那些懂得欣赏陶瓷的人，对陶瓷有情结的人，但他们又不单单是为了陶瓷，也为了景德镇里的生活。葱翠欲滴的山、碧波荡漾的水、新式的工作室聚集在这里，许多像孟飞一样来寻梦的年轻人，用陶瓷在表达自己。在景德镇可以吃到土制菜，什么饺子粑、碱水粑、瓷泥煨鸡等，也可以买了本地蔬菜生火做饭，用些质朴的青花碗一盛，绿是最翠的绿，饭是最洁净的白，便觉得菜肴无比美味。然后喝一盏小茶，陶瓷碰撞木桌的声音无比动人，只是吃饭喝茶，就接近了真正的生活。走的时候，必不可少的是带着陶瓷而走，回去之后有个念想。

这修行而来的功夫也用到了陶瓷中。如今我身边的人包括自己在内，喝茶用的都是孟飞的“风雅在斯”，白如玉的陶瓷杯，还有如荷叶般的一盏托盘映衬，能感受到宋代茶盏的印记。陶瓷杯喝茶很大程度是为了欣赏和把玩，有时也会在喝到酣畅时无法分辨究竟是茶好还是这杯子好。用什么器皿生活，在一定程度上决定了你生活的质地。陶瓷是有冷暖的，要用得久了，浇得透了，才能更润、更亲，这是器皿与人之间的交融的关系。这样的陶瓷真是无瑕而简单，所有的心思都含在里面。也许最高的技巧是无技巧，让人看见的技巧是拙劣的技巧。

人心不古，留些古意

符海贤是家里的小儿子，小时候是给父亲跑腿的。父亲每每做好印泥，带着一点像庄稼人收了麦子的喜悦，交到他手上，反复叮嘱务必拿好。他揣着印泥，有一点隆重，骑着自行车，穿过上海的嘈杂与陈旧，把东西送到人家，凡是收到印泥的人，都会迫不及待地试一下，打一个章，嘴上念着："蛮好，蛮好。"然后他就放心地回了家。过一段时间，父亲一定会收到人家送来的画作，作为回馈，也是一种不成文的规矩，鲁庵印泥是不买卖的。符海贤如今回忆起来，这些人家现在各个都是赫赫有名的画家，他却是这些画家之间的常客。

那时的生活简单有序，难得有人像父亲这样，在城市里生活，做的事情却跟星辰日月、风霜雪雨都有关联。鲁庵印泥的组成是朱砂、蓖麻油、艾绒，蓖麻油需要晾晒至少 3 年以上，密度、厚度和酸度才能达到较好的状态，晒油讲究年份，年份越久，生产出来的印泥越珍贵。父亲每天起了床，就把蓖麻油搬出去，放在太阳下面。那真是细嚼慢咽的日子，父亲要时刻盯着日光，太阳移了，就把油也移过去，还要警惕不能进了灰尘，不厌其烦。遇到刮风下雨，父亲要立即冲出去，把油搬回家。符海贤对父亲做印泥的过程真是了熟于胸，对这繁复的工作程序也习惯成自然，繁复就是日常。只是他那时还不能懂这些抽象劳动背后的意义。

“文革”那段日子，父亲叫他把家里值钱的东西丢在垃圾旁边，红木家具也都搬过去，谁愿要谁拿去，东西都不当东西。家里有个亲戚是开银楼的，家里存着不少金银珠宝，钻石统统丢进马桶里，一抽水的工夫全没了，这些被搜到都是要人命的麻烦。唯独师傅张鲁庵亲自制作的印泥，父亲舍不得丢，到处想办法藏，性情中人的朋友也轮番帮着藏，抄家的时候甚至藏在身上，最后还真的留下了一些，最珍贵是师傅装在一个小小的清代印泥瓷缸中的印泥，这么多年过去了，泥质仍然细腻有光泽，富弹性，不霉烂，不硬结。张鲁庵的子女在“文革”期间与他划清了界限，直到他去世，他们也没能够破镜重圆。他的心血，他的秘方，他的手艺，只有靠徒弟们传承。父亲符骥良是第二代传人。

张鲁庵当年反复研究印泥的配方，他的印泥那种朱红的颜色极为艳丽，还不渗不化，而且永不褪色，被艺术家们当作宝贝一样来收藏，“一两黄金一两泥”，这种印泥被炒得甚至比黄金还贵。书画篆刻家们都希望自己所钤印面清晰传神、精神饱满、厚实凝重、鲜艳夺目。好的印泥，质地细腻，丰厚沉着。吴湖帆、刘海粟、沙孟海、丰子恺等画家都来讨鲁庵印泥，张大千在国外的日子更是念念不忘，托澳大利亚驻上海领事馆来求索印泥。张鲁庵对 53 次比较成功的配方和加工方法做了仔细记录，也就有了53种秘方，全部要通过手工操作和自然氧化制作，供不同的画家使用，他们每位都有自己独钟的颜色。

这样的印泥颇有古意。古人作画，于诗文画作落款后边钤上自己的印，是最后的一笔，是收尾工作，是落款又是锦上添花。每次用过后，轻轻将缸盖盖好，那种小心翼翼都是对印泥的珍爱。打印章到了现在，变得非常现实，是财务、会计手里的工具，前些年大家都使用挂号信，也都要打个章。印泥更像是书桌上的美物，一定要放在精美的容器里。不过鲁庵印泥还是小众。尽管传承人纷纷公开了师傅的秘方，用的配料也都是自然之物，但这里面最重要的是消耗的时间和工序，很难量产。

当符海贤 50 多岁了，才下决心跟父亲学这门手艺，当时他已经是某国企的老总，近临退休，父亲倒是觉得不晚，终于有了继承人，有了帮手。父亲做印泥本来是“旁技”，他是个篆刻家，精于书法，大部分热爱篆刻的人都会爱印泥，只是因为父亲坚持，才把鲁庵印泥的手艺保留了下来。符海贤也搞篆刻，喜欢书法，从小熟知印泥的制作，现在才真正了解这里面的门道。

为了找到最合适的原材料，符海贤到湖南矿山挑选朱砂，到漳州乡下收集艾绒。他在自己家里建了一块平台，专门用来晒蓖麻油。夏天也要把空调关掉，制作印泥最好的温度是32℃—35℃，不能开空调，将研磨好的朱砂倒入瓷罐中，加入蓖麻油研磨，直至麻油不浮，朱砂不沉，再加入艾绒，搅拌均匀成软泥状。算上蓖麻油的自然氧化三五年、朱砂手工研磨300个小时、艾绒手工研磨两个夏天，一年下来，顶多也就制作二三十缸印泥。

父亲去世以后，才有了鲁庵印泥制作技艺传习所，设在上海老建筑里，分了两层，一层是小型博物馆，二层既可以办展览，又可以授课。这是符海贤的遗憾，是父亲没有看到的景象。符海贤的头发总梳得一丝不苟，戴着一副金丝眼镜，温和且严肃，习所里保留用暖水瓶的习惯，他在杯子里放了茶叶，泡了热水进去。这里很安静，平时给人们免费参观，也是印泥界的交流之地。

退休后的符海贤，认认真真当了老师，去学校授课也是实打实的，30个课日，60个课时，是非物质文化保护遗产项目中第一个走进校园的。为了不让学生枯燥，他讲故事，延伸中国文化，把自己的配料也带去，让学生们做最后的调制工作，打印章，做书签。但要真的找到一位继承人，是一件不容易的事情，做印泥必须要有金石篆刻的基础，只有懂得篆刻，才能鉴赏印泥的优劣。在这个年代，留一些古意的东西。

痴迷，就是情趣

很多人都失去了痴迷一件事情的能力，无法持续地去专注和研究一件事情，什么都懂一点，却又不能真的掌握要义，迷惑重重，目光慢慢变得散漫，人生没有目的，对生命是一种损耗。痴迷，就是情趣。有一件能让自己痴迷的事是幸福的，至于生活，尽量简单就好了。

有的人却是“着迷”体质，一旦迷上一件事情，就像搁浅的鲸鱼，再也游不回去了。这样的人比如丁亮。在迷上手工皮具之前，他迷的是打游戏，还玩成了职业 CS 选手，带领团队打比赛，成绩好的时候能拿个市级比赛的第三名。年少时还着迷于改装汽车、打桌球、打网球。一旦在兴趣点上就会不断深挖，非要站到顶端，一览众山小。

他很瘦，长手长脚，文艺男的外表下却有颗糙老爷们的心，做事有毅力，有时很固执，对朋友很义气。他是一个特别不会说漂亮的话的人，从来没有为自己的产品写过一句文案，就连简单的描述也没有，对人也耿直，不过是最刀子嘴豆腐心的那类人，内心里却住着一个小男孩，特别理想主义。

他突然开始手工制作皮具，是一个让身边人大跌眼镜的决定，同时又不惊讶他为此痴迷。比起以前的痴迷，这次的痴迷更疯狂，成了终生的事业。

丁亮做手工皮具是一种机缘，也是找自己的过程。一个偶然的机会，他看到一位 DIY 爱好者自己做的皮夹，一时兴起，自己就买来材料做了一个小包。说不清楚为何，无师自通，接着就做了第二个。做第二个时想着怎样比第一个好，就在网上搜索做手工皮具的人，发现世界上这个行业里有不少高人，他们的双手是那么精巧，做工堪比机器，但是作品里又隐藏了太多他们个人的信息，比如他们的审美、性格，甚至情绪。这就是手工的大美，心手合一，你面对的不仅仅是一个产品，而且还有产品背后的那个人。然后丁亮就入迷了，从工具到面料到技艺到设计，全方位的搜索、研究，越研究就越认识到差距，就越想赶上。

做皮具，会在脑中构思一个大概的轮廓，用笔绘制出草稿，不断地推敲修改，得到一个初步的样子。然后用电脑把版型绘制出来，按照图纸打版，打完版后就要下料，经过粗下料、精下料后就开始粘贴、打孔、缝线、制边，直到做出成品。根据制作的需要，丁亮会手工做一些木质模具，手工打造一些五金件。皮具也好，木工也好，这些都是表象，真正重要的是用手去缝制，去打磨，去雕琢。而控制手的是脑和心，用脑去控制手进行灵活自如的操作，这能让你做出来的东西有模有样，但这只是基本。

要想做出来的东西有灵魂，就需要走心。要用心去感受工具，感受材料和色彩，感受使用者的感受。

人与材质的关系，是认知、了解和创造。那些手工制造的皮具，使用时间久了，那种简朴和长时间被手触摸泛出的光泽，才有归属感。

2009年的夏天，丁亮到广州去找皮料。刚入行不久，对于工具、材料是一点资源都没有，听人说广州有个龙头市场批发皮料，他就大胆地去了。八月的广州酷暑难耐，他在巨大的市场里逛，又热又闷，几乎虚脱了，也特别失望，这么大的市场卖的都是大厂货，根本无法满足手工定制的需求。当时国内皮具的手工定制大体处于比较低端的阶段，从业者对面料的要求也不高，市场又很小，所以基本没人在国内卖一流的面料。从广州回来后，丁亮就发了疯似的在网上找渠道，不放过任何一个细节，顺藤摸瓜，终于找到了法国、德国、意大利、英国、日本的皮革厂商，他们生产的皮料被国际顶尖的手工艺人所采用，各具特色。后来又陆续找到了工具和辅料的供货商，资源一下丰富起来，也为他的作品提供了更多的可能性。

和找不到满意的工具、皮料、辅料等比起来，体力透支更加让他烦恼。他每天至少有 10 个小时待在工作室，没有双休日，也没有节假日。因为过去长期使用电脑，肩颈不太好，现在竟因工作量太大，问题更严重了。

最初的 4 年里，他都没有接任何客人的订单，从内心里对自己做的东西是不满意的，不能用自己都不认可的东西去赚钱，不自信的感觉是最可怕的。这样艰难的日子终于熬过来了，尽管拮据，他还是几乎把所有的积蓄都用来买工具，买了一般手艺人不曾听说的进口铲皮机。

有一位客人特别痴迷皮具，对各大品牌的皮具如数家珍，对皮料也是一个行家，什么皮有什么特性，适合做什么样的东西他都很清楚。这位客人把丁亮做的东西带进了法国爱马仕的工厂，请师傅指点提出意见。也许真正热爱皮具的人才会成为手工皮具的青睐者，在很多客人身上，丁亮提高了自己对面料、辅料的眼界，坚定要用一流的材料、一流的工艺制作一流作品的理念。皮子不但要选好的，同一款产品要用相同纹路、相同密度的皮，有时一块皮不能满足，就要寻找颜色一致、花纹一致的接着做。

我愿意把丁亮比喻成一条山间的水流。早年的他是悬崖瀑布，性子暴烈，莽撞任性；大概是做了手工皮具后，渐渐地安静下来，成了瀑布下的水潭，有容，能静；再后来，就是小溪，活泼和煦，能流淌能奔跑，像他的皮具，色彩丰富跃动，但内里又不失那种坚守自我的原生力量。

做皮具的生活不能觥筹交错，不能歌舞升平，确是随遇而安的小日子。他的工作室在红坊一家画廊的二楼，在白色空间里隔出了一间。整面窗户外对着大片草坪，郁郁葱葱。厚实的木头桌子上摆着各种工具，很洁净。整个房间散发着皮子幽幽的味道，不是甜甜的香气，却很好闻。

他爱惜工具，工具盒是亲手缝制的，还给某些工具做了皮套。接电话的时候，他从桌子上拿起的是老款的按键手机，几乎要绝种的那种机型。每天下班，他要负责关闭整个画廊，锁了门回家。看管画廊，让他有了免费的工作室，稍稍可以抵挡经济上的压力。

他因为得到一块上好皮料而欣喜，因马鞍线缝制得牢稳得当而自豪。为了更美的配色，他会专程前往法国买若干张皮料，带着执拗的完美主义。他看见一款好皮料的时候，眼神的变化会让人感动。在做皮具上，他有着工匠式的执着，同时又不愿意只是做工匠。他有想要表达的东西，在每一款皮具里讲故事。

为爱痴迷，这是丁亮的生活状态。

重复的劳动是必不可少的，并非重复导致了枯燥和无聊，而是人的枯竭，会把气撒在日子的重复上。因为痴迷，就不怕重复，只有重复，一日才有一日的领会。在丁亮这里，手工不再是苦力、单调和重复，它也可以充满快乐和创造力。他那扭成麻花一样的脊椎带来很多痛苦，有时候背上拔着火罐坚持工作。我们有时并不羡慕一个人真正在做什么，拥有什么，而只是羡慕他的生命状态。能找到让自己最快乐的生命状态，比拥有什么更重要。

怪人老妖

老妖是个怪人，不然朋友们也不会给她起这样的外号。她几乎不用任何网络聊天工具，话语少得可怜，神秘隐蔽，有问无答，白天睡觉，夜晚工作，工作起来不要命，剩余的时间用来浪迹山水，诗画箫笛，酒茶文曲，日常消遣的事物都不在这个时代的范畴，她常常穿着汉服背着箫笛，束发走过，孤身独影，纵情山水，自然也少不了异样目光。她还有个雅号叫静尘轩主。她对朋友也怪，最不喜人打扰她睡觉和私自为她拍照，简直能到决裂的田地。相熟之后，发现老妖也没有那么高冷，很好说话，她虽和善但坚持己见，不屑争论，想到什么就去做，行动力极强，而且想做就一定要去做。

而她在做的，也就是她毕生的事业，是做古典首饰，加上诗画箫笛，是此生她的全部。现在，珠宝设计师这个职业并不稀奇，倒是专心扑在中国古代首饰研究并做出来的人可能就没有几个了。这些珠宝显得有些龙的传人的味道，是华夏逝去的文明，但又是生活里的物品。

家乡是江南一个古老的村庄，白墙灰瓦，飞檐峭壁。老妖出生的那年，村里在演社戏。母亲大着肚子每天都在听越剧唱片，听王文娟和徐玉兰前辈的《红楼梦》和袁雪芬、范瑞娟前辈的《梁祝》……出生之后，每次村里社戏，老妖一定要咿咿呀呀地去学。三四岁的时候，爷爷教她戏曲，教的都是武戏，可惜没等她过完整个 4 岁，爷爷去世了，但此其间情韵深种。这一切大概就是古典心思的起源，为日后的生涯做了极大的铺垫。别人家的孩子拿着零花钱去买零食或者玩具，她却喜欢偷偷溜到老家的古街，购买那些冰冷的珠玉。别的小朋友无法理解，觉得那些不能吃不能玩，可是老妖见到了就欲罢不能。她喜欢和左邻右舍一些颇有学识的长辈玩，成为忘年交。他们的书画文字功底不错，教会她很多。他们性情恬淡，与世无争，这也大大影响了她的性格。

由于对戏曲的痴迷，老妖从小会去研究和制作跟戏曲有关的道具、服装、饰品，甚至所有行头。父母是很手巧的人，一般的细活儿，他们都能过目不忘，他们纵容老妖的爱好，甚至会提供一些修改意见。南红玛瑙是老妖得到的第一件宝贝。幼时的左邻右舍都戴一条刚好在锁骨附近的短项链。老妖是个野性十足的孩子王，每天带着一群小孩上房下地如走平川，突然很想要那条大人的玛瑙项链，觉得戴上肯定很美。每天倚在门前，看别人的母亲戴着那样的项链走来走去，眼神多是艳慕。

祖母说，祖上被抄家的时候，珍珠玛瑙这些宝贝，被一担担地挑走。具体怎么抄的家，也未曾从祖母口中得到实情。她扫扫角落，搜罗起来，也不过一点点。其中有一串玛瑙穿的朝珠样儿的长项链，祖母本想拆成两个短项链日后留给媳妇或者女儿，结果那岁月里祖母生了数胎，女儿都没养活，爷爷当时也因被冤枉杀了人而入狱，穷得她终于忍不住把玛瑙项链卖了，换钱买米抚养儿子，等凑够了钱把爷爷赎出来，已经是十余年后。后来祖母又生了一个儿子，是老妖的小叔叔，结果也年纪轻轻地夭折了。祖母经历了太多人世沧桑，做过缝补的女工，卖过大碗茶，扫过地，端过水……爷爷出狱后，休养数年都难以恢复到常人的劳动力，祖母吃尽了苦头。别人对她的恩泽，她牢牢记在心里，谁给她一把米，谁给她一点盐，她滴水之恩，涌泉相报。

那些给过她好处的人，老年后很多子女不孝顺，抑或孤家寡人的，祖母一户户一个个地逢年过节给他们送钱送粮，直到有的人亡故。祖母代表了正义和公平。别人家闹了事，祖母出面便了，谁家子孙不孝，祖母敢骂得他们哑口无言，纵然族中那些当官的做了什么错事，祖母也敢当面拍桌子，一言九鼎。祖母高寿，也许这是上天对她最大的恩泽和报偿。人人来访，无论身居高位，抑或平民百姓，都尊称一声“老寿星，老福星”。祖母活到了这样的岁月，应该是此生无憾。然而有数次，祖母会看着老妖喃喃地叹息说：“可惜了，当年那串玛瑙没留住，不然你和你姐就有得戴了。”

玛瑙项链似乎是祖母的一块心病，后来子女给她买过很多次玛瑙首饰，她都戴不长久，又放起来，而且每次都要念叨一回当年的那串玛瑙。有一日，祖母带老妖去她的房间，打开一个古旧的梳妆盒，就是红色有镜子的那类层层抽屉的，她从里面拿出一个布包，打开，凑着天井射下的光，给她看里面的宝贝。那布包里，有几支断的玉簪，有银錾花的双尖，有掉了簪杆的花苞翡翠簪头，有包金的翡翠帽花，有掉了金银的翡翠花片，有玛瑙环，几颗翡翠珠，珍珠，还有几枚地方玉的花片，一枚全品红颜温润的南红玛瑙帽正。祖母拿出那一枚南红帽正，说这是当年哥儿们缝在瓜皮帽上的，放着也没用了，拿去穿个绳子戴吧，或许还能避避暑气。老家上了年纪的老人们都觉得珠宝玉器辟邪避暑气，老妖先不管这一层，按捺住内心的狂喜，接过这一枚帽正，反反复复地用袖子擦，仔仔细细地颠倒着看。她想，这是第一件属于我的宝贝。她用尽各种方法，想让它更美丽一些，可是怎么搭配都觉得其他东西配不上它，于是直到现在，它依旧是一块素石。她想再穷困，也不会将它卖掉。因为它见证了族中几辈人的苦乐辛酸，尤其是祖母他们那一辈的凄凉岁月。

老妖身边有一个群体，一起复原华夏衣冠礼仪，服章之美谓之华，礼仪之大谓之夏。服章，必然会包含饰品，那时候没人愿意做相对应的首饰，她便担负了重任。老妖做的首饰和很多市面上的首饰相比，倒不一定用多么奢侈昂贵的材料，但过程还是比较复杂的。想做复原的首饰，需要她天南地北地跑，在各地寻找有老手艺的师傅，找的过程比较辛苦。前后大约花了 10 年，才找到一些很有用的老手艺人，只有他们懂得古老的錾刻、花丝和镶嵌。老妖和他们一起完成一些作品，简单点就是金银与珠翠的结合。古今中外的书籍和资料记载了一些传统，博物馆的文物也提供了参考，比如配色，其实现代人眼中的配色，和古代还是略有偏颇的。比如花丝镶嵌，这个在列入非物质文化遗产的时候，才引起世人的关注，单单八个要点，掐填、攒焊、堆累、织编就很折磨人了。老师傅们年迈，很多活儿未必能做全套，不乐意做的，老妖也只能配合着自己琢磨着完成。每一件产品，都是老妖四处采购宝石再设计，和师傅们商量直到完成。她对原料的要求是苛刻的，宝石必须是纯天然的，有些国际允许的合理优化，她也情愿不用。珠宝穿缀用的线绳，各个采购一遍，总结出哪个比较好，即使不远千里、花更高的代价也要买，尽管线绳只不过是个极其辅助的材料。每一种线绳在手指上的抽动，微乎其微，这个只有体验久了才会知道。

一位华侨通过网络找到老妖，收了她的作品。华侨说她一打开就哭了，是真的哭了。她说想不到现在还能找到愿意做这些首饰的人，更想不到有生之年能买到这些只能在博物馆或者书籍资料上才能看到的饰品。她说她给任何国外的朋友看，告诉他们这是我们华夏古老的手工艺，人人赞叹。几件首饰，把客人弄哭，老妖始料未及，细思之后，也开始落泪了。十来年辛苦没有白费，能遇到真正赏识自己的人，是荣幸。这是老妖事业的意义，一件饰品，不一定天价，不一定奢华，但是它必须带着灵魂，必须有特殊的意义，它承载着一个国家一个民族的文化根源，万载不息。钻石的璀璨，在极具灵魂的精细古老工艺面前，俨然失色。

一，不交不孝之人；二，不交懒赌偷嫖之人；三，不要说别人可怜，觉得别人可怜，就去帮助他，否则闭嘴；四，乐善好施，勿求回报，因为纵然别人不报，上天会报；五，君子爱财，取之有道；六，上床夫妻，下床君子。这是老妖祖上传下来的家训，也算她给自己的一些戒律清规。拥有技艺并不难，只要付出时间。做首饰是老妖最大的精神寄托，生活简单，只要一坐在工作台前，就能入无人之境。这些在世的七老八十的老手艺人和年轻的手艺人有着不同的境遇，年轻人稍有点手艺都成为什么国家工艺美术大师了，而老手艺人哪怕有再高超的技艺，也无虚名。他们质朴而随意。老妖有一次问老师傅，“为什么最近进展慢？”对方慢吞吞地说：“种芹菜的季节到了，我要种芹菜去。”是不是很有辛弃疾那一阙《清平乐》的感觉？他们是带着怡然自得心在做首饰。亲近自然，净化自己，接触美好，远离丑恶，做出来的东西也就坦荡，不拘束。

老妖还是过着别人眼中古怪的生活。

不为世俗的标准而活，其实是很难得的。这需要很强大的信念，树立自己的价值观体系。人生本该多样性。她能和庙里的大和尚聊戏曲聊得彻夜不眠，也能穿着汉服四处逛大街。生日的时候许愿，朋友问许了什么愿，她说天下太平，引得一桌人失笑。她会在心血来潮大半夜突然去爬山，也会在冰冻三尺时突然跑到密林山野去吹笛子，手机基本 24 小时关机。

琴棋书画、诗词歌赋、箫笛刀剑、酒茶文曲、花木虫鱼，光这些世人所谓玩物丧志的营生，就占去了生命一半的时间，其他的事情便懒得去做，做首饰就对时间更加爱惜如命。不懂经商之道，生怕三言两语把人气走，所以不接订单，只能等她的完品。一旦完工的作品，休想让她改动，无论是谁。但对工艺，她从不藏着掖着，而愿意给出更详尽的资料。

珠宝玉器，以最美的形态展现在世人面前，历代以来，无论王侯将相，还是升斗小民，都不会嫌自己的珠宝太多，谁都愿意去追求更多更美的珠宝首饰。一个愿意追求美的人，并且对这其中的付出越是了解，越能懂得珍惜，越能体恤其间辛劳的人，总不至于大奸大恶。传统的美更可以让人心静，更可以让人细思。你不会对着一枚钻戒填词度曲，但你或许会对一支玉钗寄托情愫。累了，就哼一段戏曲，点一炉沉香，逗一会儿猫，填一阕词，吹一段箫。

世间诱惑太多，

到底要如何

才能专心致志手作，

秘诀很简单：心淡。

不能漏掉一针的人生

手艺只能一心一意，
磨人的性子，淡化了时间的概念。
这个时代，能不能摆得下一张宁静的绣绷，
就看能不能抵挡世间的诱惑。
只有每一针都在，
才能体会这其中的幽情古朴。

身如琉璃，内外明澈

很多时候我们喜欢上一件物品，其实都是被其本身的素质所吸引，就像琉璃，并非天然之物，是一种特殊的既冷且热的神奇材质，可以人为地为它制出各种美艳惊世的颜色，极具穿透性，表现力很强。很多人觉得琉璃就是玻璃、人造水晶，过于常见，但看了牧之的琉璃之后，就要重新评价了。

大部分琉璃都用作摆设，可是牧之的琉璃却要用到生活里去。

牧之初识琉璃，是在上海美术馆的“2001国际现代琉璃艺术大展”，琉璃的晶莹璀璨令人难忘，如梦初醒。琉璃是个新鲜事物，他好像没有相关记忆，由于出身于教师家庭，所以对父母每日每夜辛勤备课批卷的印象非常深刻，想不到的是后来他成了做琉璃的老师。自从开始关注现代琉璃艺术创作，他便煞费苦心收集相关可见的文章资料，并汇集编辑、整理上网，搭建琉璃艺术网作为交流平台，针对国内没有相关气氛而创立琉璃工作室，开设民间琉璃班，为爱好者们提供实体的学习环境。

琉璃文化推广并不会有直接收入，为了琉璃，牧之辞退了一份稳定的工作，入不敷出，有几年时间一直是负债状态，疲于应对各类支出，从而引发亲友的质疑与压力，觉得他太理想主义了。用了10年时间，牧之不遗余力地去推广琉璃，也主力收藏中国古代琉璃，现在为国内多家琉璃博物馆提供展品支持。

比起其他工艺，琉璃一直未能蓬勃发展。老艺人的手工娴熟，但几十年制作的模式化难以调整；新手设计师注重造型，但不熟悉琉璃的特性与技术难度，加之工作室或工厂必须考虑市场化及成本控制，而艺术家创作往往天马行空，所以很难达成和谐满意的结果。

学院琉璃崇尚西方抽象美学，商业琉璃公司偏好吉祥仿生造型，成为近20年来国内琉璃艺术界的两大面貌。他遍览国内琉璃厂家，亲身参与琉璃工作室和琉璃工厂的搭建生产，发现要找到或者做出满意的作品非常不易。在琉璃知识积累、基础工艺学习、古代器物熟悉之后，于是有了自己创作的冲动。牧之最终决定自己设计研发、生产监理，以及掌控后续的所有环节。

世人终日奔波，为斗米，为理想，但静下来之后往往无所适从。这时最需要的就是心灵深处的平和，类似宗教传达的护佑信仰，这可以让人安心快乐。牧之就是想要创造这样的情境，这样的器物。因此他给预期创作的器物集取名为“无相佑”，无相者，喻琉璃之千变万化；佑者，心灵之寄托也。当然，设计的器物必须符合这样的要求，必须和传统精神生活息息相关。

牧之寻求古典与现代的交融点，作品能兼顾两点，生命力将非常旺盛。山林故友，燕居焚香。意境如此精致优雅，恰与心目中的琉璃之美完全吻合，那就从香具着手。焚香之道自古盛行，香道首选必是炉器，《长物志》中称“文房诸器，宣炉为首”。

每一件琉璃作品都必须经过几十道工序才能完成，每道工序都有专门的人员操作及负责。首先设计出图稿，雕塑人员按照图稿雕塑出符合要求的泥稿交给制模工人，制模工人在泥稿上涂上硅胶，制成硅胶模。这个模具制成以后，在它的模腔内灌入 150℃—180℃的蜡液。等蜡液冷却后，再将蜡心从模腔中取出，就出现了一个形状与原雕塑一样的蜡模。在这个蜡形外面灌上石膏，然后在高温蒸气下脱去蜡液，一个外面完整的石膏模具制成了。

烧制前需要加色，在模具里边放置有颜色的水晶料，这样就可以烧成各种颜色的琉璃。如果想在某个位置设计出一种颜色，可以在摆放颜料的时候就把它控制住。这个水晶料在炉子里面经过 1000 摄氏度的高温烧制以后，会熔化掉，自然形成了一种流动。经过 10 天时间的烧制，琉璃就成型出炉了，去掉它上面的石膏，再通过切割、打磨、抛光等多道工序，一件晶莹剔透的琉璃制品就形成了。

牧之做琉璃香炉，光是造型设计和泥模打样就整整花费了半年时间。树脂翻模师、修模师的理解不力和添加铸口工艺，导致器物走形，又经过多次沟通、修正。如此高的制作标准在一般厂家难以实现，或者说难以接受。就以简单的酸洗为例，根据酸性的强度分级、酸水的新鲜度分级、酸洗的时间分级打不同的样，再从十来件试样中挑选最合适的光泽。蜡模的精度、打磨的柔和度、颜色的选择、修形的锐度饱满度、抛光的层次感、喷砂的手感、刻款的深度，每一道工序都是如此，需要多次试验后定样。乳炉仅有的几根线条被无数次的修整，直至呈现他预想中的沉稳清秀。全部流程手工制作，且一模一件，平均每尊香炉前后需十几位技师花费 1 个月时间方能完成。

从最初的爱好、收藏，到从事各类琉璃文化推广，这是一件长期艰巨的任务，多年毫无回报，可牧之也坚持了下来，已经脱开意志考验与否，而成为纯粹的为爱而爱，因为喜欢而愿意付出。琉璃的应用在生活中无所不在，大家却忽略它的美，受到玉器、陶瓷等行业的影响也未发展成主流。牧之不能算一个纯手工从业者，倒更像一个琉璃文化推广的使者，策划古琉璃展、琉璃班课程、琉璃网维护、收藏家交流、琉璃文创研发监制为日程事项。牧之在努力的就是让人们领略到它的魅力所在。好在琉璃艺术已慢慢走出低迷，让更多人了解琉璃，喜欢琉璃，这门手艺会自然而然地得以传承。

古代琉璃艺术，据说在唐代、清代都曾出现过短暂的兴盛时期，但由于易碎，流传下来的器物非常少，工艺技法对后世也没能形成较大的传承性，因此关于中国古琉璃工艺也留下了很多待解之谜。古代琉璃主要以一些浑浊的颜色附在表面，而且它最早出现的一些器型，没有一个完整的、比较形象的东西，一般都是琉璃珠，琉璃仿玉的玉璧、玉牌之类。

牧之也热衷古珠收藏。上海缺乏玩古珠氛围好的场地，他的工作室放在上海玻璃博物馆，可聚会交流。而他对香炉、文房、茶具等文人器物的选择要求是意趣相同而不限材质方式，比如琉璃、陶瓷、木作、漆器、竹雕等，配合明式简约的画桌、书案、花几等古家具，布置成一个轻松整洁的雅居气氛。

琉璃，既非固体也非液体，是一种千变万化的材质。琉璃晶莹璀璨得令人难忘，有时可模仿世间万物，也可以表现自身的清透曼妙，空灵高贵，细腻含蓄；有时可以吸纳华彩，又晶莹透明，也可以美艳惊世，却又瞬间毁灭；可以化身万象，却又亘古安静。某种角度讲，佛经中“愿我来世，得菩提时，身如琉璃，内外明澈，净无瑕秽”这句话所描述的单纯宁静、澈照四方，正是琉璃蕴含的纯净之美，这种材质与心境的共通性，使牧之深深着迷于琉璃，不可自拔。

人生苦短，先吃甜点

重要日子一定要吃蛋糕。没有这样的规定，也没有风俗，可是重要的日子里缺少了蛋糕，便像一台戏没有了压轴演出，吃到蛋糕才是气氛的高潮。平淡无奇的日子里，也要吃，“人生苦短，先吃甜点”。这样想，也就没有什么过不去的事情。

探索城市里角角落落的蛋糕店，寻找好吃的蛋糕，坐在蛋糕店里是很愉悦很慵懒的事情。蛋糕房里的故事也是说不完的。整个蛋糕房充满香香的、甜甜的、稍微带一点腻腻的味道，让人想要在里面磨蹭一整天，穿上白色的工作服，戴厨师帽，腰间扎围裙。毛毛做蛋糕，实现了很多小女生的梦想，有足够的时间做蛋糕，最好有间自己的蛋糕店。但是毛毛真是跟小清新邻家女孩的梦幻扯不上关系，不会撒娇卖俏，虽然长的是圆圆的娃娃脸，性格却无比直爽。

她是都市生活里最快乐的那一款，有自己心爱的事业，养了两个儿子，有一群可以凑在一起的朋友，对潮流有敏感度，会穿时下流行的服装，戴经典的饰品。对生活是最热爱的，最乐观的，积极程度像白领，却又比城里的白领自由，白领多多少少在压力的作用下显得萎靡不振。兄弟两个差两岁，正处于最调皮的阶段，一刻也停不下来，跟爸爸一样肩宽体长，长得好，很结实，发型是精心设计过的，穿着鲜艳的 polo 衫，是运动型的体格。

看儿子们吃蛋糕，她就会想起自己小时候的事。外婆外公家以前做生意，住在上海西区洋房里，是比较早的就有烤箱的家庭。小时候看着他们做西点，闻着香气，盼望着金黄色的西点出炉，各种各样的点心总是用来招待亲戚家的小孩。上海是移民城市，外婆是山东威海人，保留了家乡蒸大馒头的习惯，用馒头捏成各种各样的十二生肖形象，眼睛还要用红枣做出来，放在蒸笼里一起蒸，惟妙惟肖。

所有的糕点都跟童年美好的记忆有关。母亲带毛毛去红房子西餐厅，一份罗宋汤，一份焗蜗牛，一份牛排，是老上海人对西餐的印象，毛毛最期盼的就是饭后的甜点。小时候吃得最多的是奶油小方，动物奶油盖糕体上面，吃起来像冰激凌，入口即化，不甜不腻，蛋糕是夹层的，很松软，夹层中包裹着碎碎的菠萝粒，水果的清香正好中和鲜奶油的醇厚。

最爱看的法国电影《虎口脱险》里面有一个桥段，是找到一个有插着德国将军糖人的蛋糕，男主人公掰断将军的胳膊塞进嘴里，又掰断了头，边吃边说味道不错。这部电影看了无数遍，那也是第一次看到这个奇特的蛋糕，印象深刻。

毛毛是上海第一个做特殊造型的蛋糕师。从小学画画，画了二十多年画，大学读美术学院设计专业，喜欢吃甜品，终于到国外吃到了电影里的那种蛋糕，于是把设计和最喜欢的奶油蛋糕结合了起来。毛毛专门去一位英国西点大师手下学艺，回上海就认真把做蛋糕当作了自己的事业。

年轻女孩和母亲对蛋糕的理解是完全不一样的。

筹备蛋糕店的时候，是她怀老大的日子，做蛋糕用的是家庭里做蛋糕的方式，原料在比较一遍后，选最好的。就算不对外说，用上等的好原料也能吃出来，心里也最踏实。做蛋糕用的是新西兰全进口动物奶油、黄油，而与动物奶油相对的概念是“植物奶油”，也就是氢化油。连做坯子都是用进口牛奶加面粉加鸡蛋，不能为了利益用其他的物质代替，她的目的一开始很单纯，她做的蛋，是很放心让自家小朋友吃的。

甜蜜总是一步步达到的。

蛋糕烤完了，用翻糖做外形，彩色的人偶和蛋糕各式外壳，都是用糖捏成的，这些用上了毛毛多年苦学的画画专业，加上自己的见解去设计。一个普通的蛋糕需要6小时来制作，复杂的大造型蛋糕，有时要花去两到三天。

人们在毛毛的惊人蛋糕上投射各种愿望和欲望，每个订蛋糕的人，都希望拥有独一无二且充满创意的造型。比如在蛋糕上做汽车、名牌包、别墅等造型，毛毛却希望留多一些想象空间，才能意想不到。惊喜都是意料之外的。就算知道吃蛋糕是必要的环节，可是收到毛毛蛋糕的时候，那些奇思异想的造型还是会惊艳到别人，这些是需要用心去创意的。

因为做蛋糕，常常见证人生最重要的时刻，有些情侣从求婚一刻到生子都在这里定制，有赌王的太太还原赌桌上场面庆祝老公赢大奖赛的，也有人从结婚到离婚到复婚都在这里做蛋糕，有新人在举办婚礼的时候现场不欢而散的，也有濒临感情破裂边缘用蛋糕得到原谅的，也有为自己病危的父亲过最后一个生日的。那些情感在蛋糕上得到了寄托，毛毛是见着人生百态，去体验这个职业带来的故事。

有人为90多岁的老红军定制一款生日蛋糕，想法是把军装、军帽放在蛋糕上，毛毛则觉得给老人的蛋糕不要使用衣物，她设计了一款红军长征之路，并配上了奖章。老红军见到这款蛋糕的时候热泪盈眶，说自己也真的有这样一枚奖章。

有位医生一直在毛毛这里订蛋糕给小朋友，后来才知道，这位医生有一个组织，一群医生在一起为那些被遗弃的儿童治病，有些是在孤儿院的。毛毛很感动，送蛋糕给医生，医生说出一直在这里订蛋糕的原因，医生们也是要求极高的人，送蛋糕去检测，用的食材都是好的才敢给小朋友吃。

生意做得多，毛毛需要人手，她的朋友宋晓波是聋人，向她推荐了很多聋人师傅，他们有了一技之长，又能用自己的方式去想象。做蛋糕是要怀着满满的爱去实现的，爱和手艺相互交融，那些爱是可以传递给吃蛋糕人的甜蜜。

生命是百味，蛋糕是清甜。因为做蛋糕，见证了太多别人重要的时刻，也慢慢摸到一些人生的哲理，那些平淡日子中的甜蜜最能天长地久。吃一块心爱的蛋糕，有时候可以用一生的时间去怀念。

如果喝咖啡是为了思考，那么吃蛋糕就是为了在沉闷的日子笑出声来，在苦涩的日子给自己一点甜头，在快乐的日子里没心没肺一把。每当收到蛋糕，人们获得了喜悦、开心、被爱的感受时，毛毛无比感激从事了这个事业，这个世界上，有多少人的职业是为给人制造浪漫而生的呢？

不能漏掉一针的人生

命运选择了张蕾。当我第一次参观她的展览，听她的讲座时，便知道她的人生是要跟沈绣紧紧捆绑在一起的。沈绣百年，中国人讲究传承百年，从沈寿，到庄锦云，再到南通仿真绣的省级非遗（非物质文化遗产）传承人张蕾，她是第三代传人。

庄锦云是张蕾的奶奶。奶奶出生的那年，中国第一所职业学校南通县立女红传习所正式开学。这是一所大学，由张謇创办，首任校长是刺绣大师沈寿。仿真绣由沈寿独创，是苏绣发展的高阶段刺绣艺术，用旋针来表现人物的肌理，丰富多彩的丝线调和色调，作品色彩调柔自然、透气。

南通地处江北，古老的濠河环抱老城，粉墙黛瓦，雕栏玉砌。女红传习所里，汇集了最心灵手巧的女孩，年轻灵秀，不谙世事，用绣针和丝线密密地编织着少女的心思与梦想。她们不会知道，她们的作品竟然是不同凡响的，她们不是现世里的绣娘，做一些营生的生活用品，她们第一次知道通过刺绣可以成为工艺美术师，她们正成为现代独立的女性。劳动，收获，心安理得。女红传习所里是祥和的气息。

奶奶 12 岁接触刺绣，14 岁跟随仿真绣创始人沈寿的姐姐沈立研习绣艺，是这所学校的第 14 期学员，19 岁出师。为了帮着学校解决资金问题，奶奶就给地主家绣寿衣。奶奶以优异的成绩毕业时，不但获得了一张毕业证书，还额外得到了一块女式手表，这是学校给予最优秀毕业生的奖品。正是由于成绩优秀，奶奶被学校推荐去当时中国艺术教育的最高学府上海美专学习，可是家里给她说了一门亲事，求学之路就中断了，这也许是奶奶一生的遗憾。

就这样，奶奶一辈子都在南通，为仿真绣的传承付出了毕生心力。奶奶收集、整理散落于南通民间的各种刺绣针法，编纂出了《南通刺绣针法集锦》，将人字针、齐针、乱针、点针、鸡毛针、打籽针、戳纱和纳绣等民间刺绣针法第一次用理论梳理，和她的同事们创造出了一种全新的刺绣艺术形式——彩锦绣，在材料、工艺方面进行改进，缩短了生产周期，解决了刺绣无法制作大幅作品的难题。

张蕾的叔叔从事绘画工作，而婶婶则走上了奶奶庄锦云的道路，以刺绣为业。张蕾在这样的家庭环境下长大，刺绣是一家人日常的重要部分，她陪奶奶在南濠河沿岸散步，虽没西湖秀美、雅致，但也舒朗、润秀，一路上听了不少过去的故事。儿时对南通的印象就是博物馆多，末代状元张謇“父教育、母实业”的痕迹到处都是，学校、博物馆、气象台、公园、纺织厂、伶工学社、女工传习所、垦牧、盐业。濠河之旁有一座青砖灰瓦、红色长廊的二层小楼，它就是当年张謇先生创办的南通女工传习所。历经百年的岁月，风姿依存的小楼仍然会让人们想起当年从苏州来南通教授刺绣的艺术大师沈寿。这里人们的性格既有江南人的细致，又有江北人的豪爽，这样的性格使南通的手艺人个性独特，叫“南通工”。

刺绣的基础是美术，善绣者必善绘画。19 岁的时候，张蕾高中毕业，进入南通工艺美术研究所，师从著名工笔画家张文昌，学习素描写生。一边学素描，一边跟奶奶学习刺绣，“绣”和画都是表现形式，不同的是“绣”用的是针，画用的是笔。1999 年张蕾重新拿起绣针，在奶奶的工作室里工作，用自己的笔设计绣稿。不同于过去的绣娘，张蕾有更多学习的机会，她进修了南京大学的考古专业，除了对于久远历史的了解，还让她深入地接触到了绣的千年文化。学习考古后，她便爱上了收藏绣片，黄袍、破绣片、各种残缺不全的绣品，记载各个年代的绣艺，有时需要花高价从别人手上购下这些看似毫不起眼的家什。

绣一件大作品可以用很长时间，3 年甚至 5 年，这样的作品很少有人去做，因为客户等不及。一针一线都是时间。先要设计稿件、拷贝，再画在各类真丝面料上，不同类型的设计稿需要不同的真丝面料，选用特别的丝线，然后染线。油画能调出的颜色，丝线都能表现，一种颜色从浅色至深色一共有 36 色或 48 色，一根丝线可以分成 16 丝，需要的话可以 24 丝，比头发丝还要细。上绷开始制作，不同的作品制作程序一样，但具体的针法表现不一样。

能不能出好作品，不用等到全部完成，张蕾就可以感觉到，她特别兴奋，手很难控制住，整个过程是紧张的，直到最后一针才能松口气。就是这样的过程令人着迷。

20 世纪 70 年代的时候，画家们不断地来这里授课，那是创作的黄金时代，在艺术家身上“采气”，不惜时间、不惜成本，完全为创作神魂颠倒。20 世纪 80 年代的时候，这里有了膏腴的气息，不再捉襟见肘，一条刺绣腰带出口价格高达几十万，在日本可以换回一辆汽车。

奶奶已经不在了，她生前最担心的是如何留下先人的手艺，对张蕾的期望是不要只专注自己的创作，一定要传承。张蕾创办了以奶奶名字命名的“庄锦云刺绣设计工作室”。仿真绣不能只成为门庭之间的传承，而应该像以前的女工传习所一样，成为一门可以教授的艺术。可以教的学生数量有限，至少3年才能开始完成一些小的作品。有的人看不到希望，有的人无法抵抗寂寞，有的人有养家的负担。不断有人离开，有人半途而废，有人忍痛割爱。

传承的焦虑并没有消散，这些焦虑也必须承受。可是刺绣只能一心一意，一针一线，磨人的性子，淡化了时间的概念。在这个时代，能不能摆得下一张宁静的绣绷，就看能不能抵挡世间的诱惑。不能漏掉一针的人生里，没有任何捷径。也只有每一针都在，才能体会这其中的幽情古朴。

至善至臻，寸锦寸金

王老师名叫王继胜，出身于染色世家，染色是他们祖祖辈辈吃饭的手艺。祖辈在南京解放前就开染坊，染坊里永远有着斑斓的色彩、大大小小的染缸、一块块漂亮的彩色绸缎。他们还在南京市区经营着布店。新中国成立后，根据政策要求，家里的店同另外两家染坊进行公私合营，成立了“南京五一印染厂”，父亲时任经理。几位叔叔和哥哥也在该单位，他们都是当时厂里的技术骨干。

王老师在家中排行最小，跟哥哥姐姐年龄差距也大，冥冥之中觉得自己有这份义务把这项家族事业传承下去，不想断在自己这一代。1980 年参加工作后，单位领导了解到王老师家是搞染色的，就把他调入到自己主持引进的日本“大岛绸”高级丝织品生产工艺项目中，从此开始了云锦染织工作，直到现在，漫漫工作几十年。1984 年，王老师参加定陵丝织品文物复制，从而真正接触到云锦生产中的各项工艺。

最早接触的仅仅是染色这一项，王老师学习云锦技艺，染色渐渐和云锦技艺融合，用了12年的时间，从事文物复制、云锦织造、织机模型制作等工作，这些技能当时对他来说都是全新的，师傅没有讲明白的地方，自己要不断地摸索，有时会心浮气躁，有时也会不经意地失败。

云锦与四川蜀锦、苏州宋锦并称“中国三大织锦”，有着自己独特的织造技艺，凝聚着古代手工艺人的审美与智慧。历史上的中国江浙一带，一直是手工纺织业发展的中心地区。土生土长的南京云锦，是世界非物质文化遗产之一，它在南京的发展已经有数百年历史了。南京是云锦的起源地，存在着专业的云锦手工艺人，过去的手工艺人，读书不多，留下的书面技术资料少之又少，全凭着热忱，仅通过言传身教，便将这门艺术传给了世代后人。云锦在帝制时代，是专门为皇家定制生产龙袍的地方，织造云锦的工人很苦，一天十几个小时，坐在窄窄的织机坐板上劳作，为此落下很多病根。

云锦主要包括“库缎”、“织金”、“织锦”、“妆花”四类，其中妆花织物最为珍贵。它是在继承中国古代织锦艺术的基础上，不断发展和创新而产生的，是在多种质地、多种织物上采用通梭、短跑梭及纬管小梭局部回纬挖花盘织等工艺相结合，而生产出来的一种织金妆彩的最华贵的高级丝织物。

南京云锦的独特之处在于其生产设备——大花楼提花织机。大花楼提花织机机型庞大，每台织机由两个人操作，楼上一人负责按程序提起经线，以形成花纹开口。楼下一人负责织花抛梭，即把各种彩色花纬线织进去，这就要求织工把合并简化了的提花程序，重新演绎出来，并按色彩搭配的规律，进行新的组合，自由变化下色。配色是一种艺术创作的过程，织工要运用对比调和的配色法则，“荤素搭配”、“冷暖相间”，从而达到“逐花异色”的效果。云锦的生产工艺过程极其繁杂，工序很多，概括起来，主要有六大部分：纹样设计、组织设计、挑花结本、造机、原料准备、织造。

云锦纹样设计大都继承传统，构成严谨、变化丰富、形式多样。将一个自然形象的素材变化处理成一个优美的图案纹样，需要很高的形象概括技巧和丰富的艺术想象能力。组织设计，就是织物组织结构的编结程序，一般织物有平纹、斜纹、缎纹等。云锦织造中的组织除了上述三种外，还有一些特殊的组织结构，如绞纱妆花、四经绞妆花罗等等。根据品种规格，计算选用适当规格的意匠比例，填绘纹样意匠。挑花结本，是云锦织造过程中的一道关键工序，所制成的花本是把纹样由图纸过渡到织物的桥梁。造机就是根据所织云锦的品种、规格，把织造云锦所需的经丝按地部组织、纹部组织的不同要求分别安装到位，使其符合织造的需要。

神奇秘譜
流水
陽春
玄默
招隱
酒狂
慢宮調
黃鍾調
秋月照茅亭
山中思友人
小胡笳
頤真
霞外神品中卷
宮調
神品宮意
廣寒遊
梅花三弄
商調
神品商意
神品古商意
慨古
忘機
隱德
廣寒秋
天風環珮
神遊六合
長清
短清
白雪

云锦属于熟织提花丝织物，即织成后不需染色、印花。生产所用的主要原料是蚕丝、彩绒、金银线、孔雀羽。分别经过不同工序加工，才能达到使用条件。织云锦是通经断纬，经线是完整的，纬线是由不定数的色段拼接织成的。织造时，楼上提花工提升经线，楼下织手根据提起的经线，分段局部过管挖织，这叫挖花妆彩盘织。

王老师做过的东西太多了，几十年里基本没停歇，但要说印象最深的，就是复制素纱禅衣。1972 年湖南长沙马王堆发掘了一座西汉时期的墓葬，这个大墓如同打开一座丝绸宝库，共出土了 148 件成衣及大量丝织品和刺绣，其中有一件素纱禅衣。这件素纱禅衣的衣身部分为素纱、领缘袖缘为绒圈锦。1986 年，单位承接了该文物的复制任务，王老师负责素纱部分的试织、绒圈锦的试样和织造。复制过程中，单位请来了中国社会科学院考古研究所的王孖先生和王亚蓉先生给他做现场指导，他们也是马王堆挖掘现场的考古人员。直到 1991 年才复制完成，在长达 5 年的时间里，他与二位老师结下了不解之缘。同年儿子出生，为了纪念，给儿子取了个小名“单单”。但复制素纱禅衣也给王老师留下了一点遗憾，因为用材的原因，制作完成的成衣重量较原物重了 0.1 克，材质上没有达到原物正反捻的光泽效果，这样的机会可遇不可求。

王老师的工作是植物染色、文物修复和复制、传承人的培养，他还在做云锦色卡制作，与南京艺术学院染织系龚建培教授合作开发“经纬千秋”大型云锦妆花纱壁挂作品。寸锦寸金，一块云锦需要花费的时间很长。王老师在所做的“经纬千秋”，是一件 2.2 米长的作品，从设计到生产完成，耗费了将近 3 年的时间。王亚蓉先生跟他说，“生是劳作，死是休息”，他的人生也的确是这样,时间花在哪里是可以看得到的。漫长的日子里,想到一个好的配色方案、设计出一个新颖的织造方法，那种成就感是难以言喻的。

一旦遇到好的作品，王老师就会用显微镜和密度仪反复地看。复制文物常常会面对手艺失传的问题，王老师复制“清康熙石青彩云龙实地妆花纱男朝袍”，朝袍共由 8 种不同组织面料组成，其中最具代表性的便是“实地妆花纱”。因该项工艺失传已久，恢复难度很大，这项工艺的恢复，填补了云锦织造技艺的空白。“实地妆花纱”在无纹饰的底部为平纹交织，密度较大，显花的部位为左右两根经线相纠绞交织，再利用云锦挖花盘织妆花技术的技巧，使其呈现密度较小，形成纱孔的特点，显露出纹饰，因其暗纹提花是半综装置与妆花提花相结合，故称“实地妆花纱”。

中国传统纹样都是有美好寓意的，比如蝙蝠象征着“福”、鱼象征着“年年有余”。同一件图案不同的年代，在云锦的表现手法上是不一样的，也许是织造方法，也许是色彩还原，细节上都会有所不同，甚至做工的好与坏，都直接可以反映当时的社会状况。云锦喜用金线、银线、铜线及长丝、绢丝、各种鸟兽羽毛等，好比皇家云锦绣品上的绿色是用孔雀羽毛织就的。王老师是个挑剔的人。看云锦就能看出作者的绘画水平，是不是真正用心去做。有时候一个好的设计题材，布局也很合理，却没能很好地修饰线条，看起来突兀，那么绝对算不上好的作品。云锦的配色通常给人以华丽的效果，但如果稍不注意，配出的色彩容易显得太过夸张庸俗。云锦就是要看色彩上，能不能既有庄重而华丽的效果，又能体现出沉稳。在鬼斧神工的背后，让王老师永远回味不完的就是每个花纹的寓意和故事。

手艺是传统的保留，

是生存的方式，

是获得尊敬的途径。

从心底发出的热爱才有效

花开就一定会花落，
你我都是时间自然造就的作品。
手艺是一种对待时间的态度。

凡事要有，但又不能太露

说来仇师傅也是退了休的人了，但仍然每天坚持磨颜料 8 小时，坐在自己的竹椅上，将翠绿的孔雀石凿碎成细石，磨过十几日，直到盆中声音敞亮，碎石消磨成粉末。这是很神奇的东西，绿色就是山水画里的青山绿水。这绿色又分成了三种深浅不一的颜料，磨砺完后加了胶和清水，第一次沉淀最深的是“头绿”，接着色泽较浅的是“二绿”，最浅的叫做“三绿”，它们将被制作成一种经典颜料，名叫“石青”。孔雀石通常埋藏在深山远坳、荒无人烟之地，为了这孔雀石，仇师傅曾只身到中越边界，摸到铜矿产地。

就在退休后的一年里，仇师傅得了“国家非物质文化传承人”的封号，一手握凿，一手执锤，在石块的捣碎碾磨之中，听着磨具清脆的碰撞声，不知不觉过了一辈子。如今他是姜思序堂手工颜料制作唯一一位在世的传承人。姜思序堂是苏州城里最古老的商铺之一，清朝有位苏州姜姓画家——姜氏之子姜少甫，他制出的各种国画颜料明快腴润，色彩鲜艳，有纸色合一、经久不脱之妙，声名大噪。画家们远近争求，于是他开了这家铺子，任伯年、吴昌硕、徐悲鸿、齐白石等许多人着色的颜料，都出自姜思序堂。

民国元年时，姜少甫遭遇经济危机，难以为继，便将店内一切事务交予薛文卿管理。仇师傅是姜思序堂传人薛庚耀的关门弟子。当年薛庚耀选中他的时候已经年逾花甲，而仇师傅刚刚高中毕业，选中仇师傅的原因主要有两个，一是看中他读过书，二是老实本分，耐得住寂寞。仇师傅继承师父的训示，脱产两年潜心学画，为的是能真正懂颜料的奥秘，也能同画家有所交流，知道画家的需求在哪里。

仇师傅整日独坐厂房，可以在板凳上静坐 8 小时。推磨碾石，磨石有 5 斤重，日复一日，年复一年，渐渐心静如石。

国画颜料直接取于自然界，以植物、动物、矿物、金、银等为主。江西有专门的蓼蓝种植人家给仇师傅提供原料，浸泡了蓼蓝的汁液，加入石灰之后，来回搅拌，就做成了像嫩豆腐一样的土靛。这种颜料，古代人用来印染衣物，也是花青的原材料。晒干、研磨，加入明胶，就是膏状的花青。仇师傅的颜料跟敦煌壁画所用颜料的成分几乎一模一样。

颜料产在水、人和磨具之间，细细摩擦，盆中的石块，越来越细，像时间在消融，在消融中显得严肃深情，气质也是浑然天成。姜思序堂与各代画家皆有唇齿相依的关联。仇师傅的顾客里有刘海粟、吴作人等大书画家。大画家们总是追求顶级绝好的颜料。

以前的纸，是放在太阳底下晒的。现在的加入漂白剂，很可能一沾花青就起反应，颜色就不对了，要么偏灰，要么偏红。仇师傅就研究，创制新国画颜料，名叫“霜青”，霜青是对传统国画颜料花青的改良，出来的颜色仍旧跟传统的花青没有太大区别，文雅沉着。

好的矿石可遇不可求，有些矿产资源已近枯竭或禁采，而一些植物原料也难觅芳踪。传统颜料日渐式微，化工颜料在规模机器生产，管状颜料占领了国画绘画市场，充斥着大量的化工成分。在仇师傅看来，化学颜料本色尽失，与传统颜料差之千里，和大自然已经全无关系。很多画家已经不再珍惜他的颜料，这是他的苦闷。

桃花坞、阊门、东中市一带尘封了许多姜思序堂国画颜料的故事。经历了300年的姜思序堂，曾经亏损到经营不下去的地步，改了股份制也扭转不了，后来公司销号关闭。几年后，在多位友人的帮助下，仇师傅成立了庆年堂仇氏颜料印泥研究室，实际上就是自己那个 40 来平方米的住宅，在苏州虎丘新村，是苏州古城区。笔墨纸砚，苏州都有，颜料更是只在苏州才有。

颜料共有 30 余个大类，80 余个小类，书橱里藏着各色矿石标本。几十年采矿，走南闯北，每一件拿出来都能说出一段奔波于福建、贵州等偏远地区的经历。这几年没有前几年身强力壮，跑不了那么远，一天工作下来全身都僵掉了，可是就这样光是磨，就要磨半个月，手上都是老茧。仇师傅的手得了腱鞘炎，有时自己捶不动了，就让儿子、女儿来帮忙。冷板凳手艺招不到徒弟。

中国颜料太多讲究，就像古墨能入药一样，传统的国画颜料大多也是药材。在一些中药店里，仍旧能够买到颜料粉末。大英帝国博物馆来找仇师傅请教，为什么他的颜料这么好，纯净光润、多裱不脱、经久不变，一千年前是这样，一千年后也还是这样。

做好颜料之后，他会小心地用纸包裹起来，方方正正，每个边很规整，然后用朱砂写了颜色的类别。很多人的成就来自于成就了别人。为颜色忙碌一辈子的人，他下的功夫不在自己手里展现，却都在画家们的笔下显现。所有的色彩来自自然，轻细若尘、入水即化，画家绘图是蘸着自然与人工凝结而成的墨，这样的画浑然天成，带着一股天地之间的灵气。从石青、石绿、花青到赭石、朱砂、胭脂、泥金等，赤橙黄绿青蓝紫，每种颜色，美得各不相同。比如石黄，原是深埋地下千万年的矿藏，画到纸上，就成了黄鹂胸前的羽毛，和初秋嫩黄的树叶。

一辈子活下来，对颜色的感觉，仇师傅的把握含蓄又温和，也算是活明白了些。传统画中，真正好的色彩并非扎眼的鲜亮，求的不是强烈的冲击，中国人传统的审美情结，讲一些含蓄，一些文气，和做人是一样的道理。一个人可以很有能耐，锤炼得很精湛，但不随意向人炫耀，心量要大。风光艳丽都是一时，不如深厚朴实，安住世间，方能隽永。看透了本质，凡事要有，但又不能太露。

不褪色的人间繁华

俞峥小学一年级，和她最亲的奶奶去世了。家里请人给棺材涂上红漆，有很浓的桐油味道，描上金色的图案。那是她第一次认识大漆，很多年后，才明白大红漆上的金色描绘，明白桐油加多了漆层可以厚刷，色彩会更加鲜艳，干得很慢，要7天刷一道漆。哥哥比她年长许多，喜欢画画，家里总有一拨一拨画画的朋友来来往往，朋友们也常在他们家画素描、油画、图案，俞峥就在边上玩着看着，也喜欢上了画画。

考入福州工艺美术学校，俞峥被分到当时专业性最强的装饰绘画班学习漆画。她不懂什么是漆画，也不像工艺美术系统职工子弟那样，对漆画有着深深的向往，他们都羡慕分到漆画班的同学。俞峥则是听从安排努力学习，专业好的女生极少，她算是一个。

1986年的夏天。在刷完漆画之后，还剩些绿色漆，她顺手刷了一下自己的桌子，只刷很隐秘的一个角落，不想被老师发现。晚自习的时候，自己早忘了这事。第二天早晨醒来，她竟然睁不开眼，拿镜子一看，脸肿得像猪头，才知道对大漆过敏了，全身找源头，是手肘处沾有绿漆。舍友找班上男生速去学校后山摘橄榄叶，煮出汁液反复熏洗，待肿稍消才敢去教室。

初学漆画，打磨是最开心也是最麻烦的事了。开心是因为打磨能渐渐磨出之前预埋的很多效果，比如贴好的蛋壳、螺钿镶嵌、彩色漆粉等等。可就是不知何时才算磨完，砂纸越换越细，在水池边磨了好半天，兴致勃勃地抱着画板去教室问老师，“行了吗？”答曰：“不行，继续磨！”再问“行了吗？”还是“不行，继续！”就这样被老师泼冷水。贴银粉的工艺程序特别有趣，各种漆干的时间不一样，作用也不一样，调好的金地漆经干性试验被标注8小时，也就是刷漆入阴后的8小时才能达到半干又有极强的黏性，这时撒上银粉效果特别好。过了这个时间点银粉可能就会贴不上，黏稠性不够了。俞峥计算好时间，上午8点上漆下午4点贴粉，整个过程完美无瑕。有的同学没认真听课，下午4点上漆，得晚上12点贴粉，那时学校熄灯了呀，还不小心睡过头，被老师骂死了。漆艺制作最忌讳返工，浪费时间和材料。

现在回想起学习漆画的岁月很快乐，其实做起大漆的过程真的很繁琐，跟做其他的器物程序都不一样。就拿做漆画来说吧，首先要将事先设计好的图稿用红色复写纸拓印在已经制作好的亚光黑色漆板上，漆板制作同样需要几十道工序。揭开画稿，以棉花沾铝粉轻擦画板，有红色复写胶的勾线部分被沾上铝粉显现白色。将画板冲洗，洗去多余的铝粉后晾干。每一幅漆画作品都要事先设计好制作程序，而每个人设计的技法和程序都会不同。

拷贝完画稿之后，就要根据技法程序开始制作，有蛋壳或螺钿镶嵌的应该先用“红锦”或称“红紧”原漆粘贴，或撒漆粉，做第一次打底堆高的肌理，然后入阴。大漆需要在气温 26℃—29℃摄氏度之间，湿度在 70%—80% 之间结膜好且干得比较快。一般的漆一天干一遍；黑漆、红锦、透明最快 4 小时可干，若赶工期，可以一天刷 3 遍漆，但未完全干透不能打磨，只可重复刷漆；黄标、银朱等特质漆则需要 7 天干一遍。阴干后要重复几遍刷漆，保护已镶嵌好的材料，并同时进行其他区域的刷漆或肌理铺垫。每一次都要入阴，再次刷漆之前要稍微打磨。根据设计好的制作程序执行完毕后，开始整体水磨，逐渐更换更细的砂纸。最后是推光程序，在画面上均匀涂抹一层植物油，将过滤后的细瓦灰洒在画面上，以手掌多肉之处反复摩擦至发热。用羊毛软刷扫去瓦灰，画面锃亮。此时可以看出哪里有残留砂痕，需要再次打磨消痕、再推光。然后再用精细面粉或珍珠粉替代细瓦灰再次推光。有的漆器在几次推光中需要穿插楷青工艺，就是用上等生漆调松节油以打圈的手势将漆擦于漆面，再用干净棉团轻轻擦去多余漆，入阴，干后再次推光。可反复多次直到效果满意。这是填充细微漆孔的方法之一。

工作室有俞峥的卧室、书房、茶室、制作空间、调漆房和阴房。她有时会半夜起床把灵感记录下来，或到漆坊刷漆。这个时候会留言让学生们不要叫醒她，学生们便知道老师又熬夜了。她每天要用刷大漆的发刷，大漆勾线专用的鼠毛笔，调漆和漆灰的牛角刮刀，还有很多很多辅助材料，比如各种型号的砂纸磨石等等。发刷和鼠毛笔是比较难买到的，得由专业师傅制作，会做的人已经越来越少了，有的是退休老师傅改行后把自己的工具送给她。

为什么要刷这么多道漆？几道漆才是标准？没有标准，10道漆可以结束，50道漆也算完成，但其温柔的质感和色彩表现会有截然不同的效果。大漆工艺，需要有耐心并全身心投入研究。首先要对大漆各种特性全方位了解，历经长时间的实践和训练，方能与漆交流。

从1984年入校学习到现在近30年，俞峥坚持漆艺并以此为终身职业。30年的朝夕相伴，对大漆的敬畏，对大自然的膜拜，对漆从了解到顺从到驾驭。漆的纯天然特性决定了它与大自然、与作者之间的关系是神秘而微妙的。漆是高贵的、奢侈的、魅力无穷的。俞峥的作品被许多书籍、刊物发表、转载，在各种国家级展事中获得诸多奖项，并被许多专业机构收藏，她成为福建省首批“漆艺大师”。荣誉是外界的，在内心，她与漆有一种在嬉戏的感觉。从事漆艺创作是最得心应手也是开心的事儿，哪一天要是没碰漆就难受。有时在外面跟朋友喝茶聊天，会迫不及待地回工作室看看摸摸自己的作品，这才心安理得。听着音乐打磨漆器是很件享受的事儿；连续刷一堆漆器，再看看琳琅满目的的阴房，是极大的满足。漆艺的整个过程，有一种近似禅修的静逸。

中国虽有过鼎盛的漆器时代，漆艺这个手艺却正在濒临断代和失传，料昂贵、时间成本太高、成品率底，很多人坚持不了大漆而改做化学漆了。做漆有些孤独，很少有人关注，艰难的时候，俞峥靠做广告策划和城市雕塑挣钱来维持漆艺工作室开销。繁复的工艺程序、漫长的制作周期、作品没有销售渠道，她曾因在北京交不起次年房租而纠结要不要回老家。在北京只见过两次面的福清老乡何善祥先生二话没说就往她账户打款，帮她度过了最艰难的日子，因为受过很多人的帮助，她身上也有一种传承的使命感，大漆的沉稳和华贵，在她眼里并非是一种颜料，是非常东方和自然的精神主义。

水泥的廉价与高冷

有个小伙叫孙昕，专门捣鼓水泥。跟他一起从美院毕业的同学都去做雕塑了，只有他在玩最不起眼的东西，卖一个花盆几十块都被嫌贵。水泥却被他玩出了趣味和庄严，那些打动我们的，不是能做出如何巧夺天工的物件，而是手艺人深刻理解材质的本性，顺意而为。

矛盾令人着迷，是一种说不清、说不透的味道，比如自由与勇气，坚硬与温柔，质朴与珍贵。

比起价值连城的物质，那些在平凡到不能再平凡中创造出的一丝动人，竟然显得如此珍贵。仿佛在卑微中开出的花，比起在养分充足的肥土中成长，反而更有生命力。无论是什么，不必拘牵于贵贱，哪怕是最不起眼的普通物品，一切在善用者手里，便有了灵魂。

若干年前，孙昕在杭州复兴大桥拍照，大桥下面是荒凉的，零星驻扎着荒废的农家，还有一些专门从江里打捞黄沙的小厂。在路边，他捡到了一块巴掌大小的水泥，不引起任何人注意。他没有扔进江里，反而认真地琢磨起来。现世中，好用好看的东西太多了，一块水泥怎么会吸引他的注意力呢？水泥的气孔、单一的颜色、表面肌理和带有建筑气质的整体造型很迷人。

人分两种，一种是对许多事物都觉得有趣的，而且不断在日常中制造乐趣，欣赏得了平凡。一种是对许多事物都觉得没趣的，也不去制造乐趣，终日拼命争温饱。其实人生的快乐大部分都是在制造乐趣中完成的。

孙昕就属于好奇心强的，从那之后，他就开始尝试用水泥来制造各种东西。原材料反正很好找，建筑商店到处都有，不过他用各地的水泥来做同一件产品，尝试一下区别。水泥又很像他的性格，有些寡淡，不那么扎眼。

他是认真的，跟大学同学黄海文成立工作室，研究水泥的各种可能性，把它转化成物品带入到空间内部，利用它单一的颜色，平静的气质，有时光滑有时粗糙的表面质感，来传达自己的一些想法。在他们的眼中，水泥和其他的材料，比如木头、金属，没有本质的区别，只是现在比较常用的材料之一而已。做什么，拿什么材料做并不重要，重要的是想法的实现是否找到最合适的载体和最恰当的材质。要人们承认的是作品，而不是材料，这是个态度问题，应该适用于所有事情上。

不要轻视廉价的材料。从古罗马人在建筑中使用石灰和火山灰的混合物开始，水泥就成了建筑的必备品。除建筑之外，英国在二战前发明了水泥声镜。这个“小耳朵”很灵的，可以用来集中声波，监听纳粹的空袭，直到雷达出现了才被淘汰。后来，法国水泥制品公司的艺术总监 Matali Crasset 把它从时光的废墟中捞了出来，设计了一套水泥制品，其中包括一个类似水泥声镜的水泥灯。它可以吊着，也可以直接放在地上。米兰 Lucidi Pevere 工作室也设计出了水泥灯具系列 Aplomb。伦敦时装学院还设计出了水泥时装，这个水泥是透明的，实际上它是喷涂性混凝土，由水泥和沙砾组成，还能吸收周围空气里的污染物。

水泥是细粉状的石灰质，与水掺和后成为糊浆，然后凝固得像岩石一样坚固。从有想法、构思到图纸，再到样品的制作，就像其他的设计一样，后期制作的过程是模具的制作，因为水泥成型基本依靠模具，然后是水泥浆料的浇灌，将水泥注入模具之中，等它干燥固化后再脱模，进行潮湿养护使得成品达到足够的硬度。因为孙昕没有受过设计的专业训练，所以从作品的前期构思到最终的成型，都是在一种自然的甚至是原始的状态下完成的，这种自发性的创作状态，使成型的水泥看上去更朴素自然，更贴近事物的本质。

最初做些自己使用的花盆，工作室里种一些多肉和木本草本植物，有些是直接从路边挖的不知名小花，市场上没有让他看得上的好的花器。后来有朋友提议可以把这些花盘产品化，进入市场，之后就开始系统地设计和制作水泥花器。日常见到的水泥是庞大的、坚固的，呈深灰色，一副沉默持重的样子；而用水泥做成小东西，便有了幽默感，是巨大的反差。比如水泥磁扣，可以贴在冰箱上，一开始是因为工作室里面有一些金属的板，想是不是可以利用起来，用磁性的东西挂一下小照片和图纸，这样得到一个灵感，竟然转换成一个实际的小玩意儿。做镜子的出发点是做一个台面用的，或者是手拿的小型的东西，那段时间刚好他对首饰和时装比较感兴趣，就考虑做一款女性用的化妆镜。但又想把男性的视角和兴趣点融到里面，就设计出了多棱形、有重量感的镜子。

他们做盘子，弱化它的功能，设计月球盘，在盘面上用雕塑手法刻上了月球的地图，像月球表面坑洼不平的状态，和它的接触也仿佛是自己对水泥这种材质认知的一次重新着陆一样。月球效果的呈现同样从模具开始，他们找来一些月球的图片进行放大，然后完全利用手工做出来这种类似于月球表面的起伏、月坑，把它形象化，制作出起伏不平的模具。

孙昕和黄海文、设计师陈飞波一起，设计开发了水泥灯，水泥在环境中有一种裸露的感觉，而且它具有吸光性，会把光封锁起来，这些感觉和光产生联系时，就有了水泥灯的灵感。用水泥去制作音箱和挂钟，考虑水泥板的厚度，包括有一些开孔是不是适合，在水泥上装配电子元件，预埋螺丝都比木板更难实现一些，对于音响的声音效果的影响，跟声音有一个结合。

孙昕做了父亲。小时候，父亲都是给孩子捡树枝做弹弓，做玩具，他用超市买得到的做冰块的玩具模具，给儿子做几个水泥小手枪和小船，不起眼的水泥顿时温情起来。纯真的一切，都是宝贵的。

从心底发出的热爱才有效

长乐路上没有跟音乐相关的产业，也不挨着音乐学院，可黄国瑞的琴行在这里。他在自己的琴行做小提琴，越做越觉得自己是做不好了，对自己的技术有几分不够满意。琴是越做越畏惧。当年离开上海前，做了那么多琴，想想竟然有些后怕。人就是这样，无知者无畏，慢慢懂一些，就开始怕了，懂得越多就越畏惧。

黄国瑞卷头发，个子不算高，戴一副细边的树脂眼镜，手指发红、开裂，天天跟木头做伴，木屑吸走了手指上的水分。他管自己的琴行叫作坊，木门、木橱窗都挂了白色的布帘，微微透光的那种，木牌是小提琴琴身形状，写了店名。外面虽热闹，作坊的门一直紧闭，也不会有人随便来按门铃。说来也有趣，唯独他的店不会被轻易打扰。前半间会客，后半间用来制作和修理提琴。隔断的是个小型开放厨房，每天中午他自己做饭吃。

一天多的时候要喝掉三四杯咖啡，自己现煮，也招待客人，配一小碟蝴蝶酥。客人都知道他的咖啡香，只是现在他的胃没有之前好了，也会煮一些红茶。

70 平方米的店铺布置得紧致，满是提琴的细节。客厅正面的墙上挂着一幅斯特拉迪瓦里制琴的绘画，其他的画和相片也都跟音乐有关，有朋友在巴黎街头拍下的拉琴的艺人，也有描述女佣把主人的琴水洗的画，说的是隔行如隔山的幽默。家具用了很多年了，厚重，欧式，柜子里摆着的也都是小提琴，提琴自然是少不了，工作间吊着成排的琴，各式工具多得不得了。客厅里还有一架古董钢琴，有一对音箱，桌子上放了管弦乐的CD。那些小摆设也都是跟弦乐有关，来自世界各自的人物形象，管弦乐队、拉琴的小天使。门口堆的木头是巴西的苏木板，每块都印了年份和出处，按照行规，木头是要放个 5 年才能被拿来做琴的，水分和韧性都基本稳定了。

10 年前他从东京回来，买下了这个 70 多平方米的商铺，满是激情。房子也没那么贵，用的都是在日本修琴打工的积蓄。一般的琴行多开在音乐学院旁边，好有个依附。他当时心气儿高得很，觉得上海做琴修琴的人不多，相信只要手艺好，客人一定会慕名而来的。

在去日本前，黄国瑞是正好一进学校就赶上“文革”的一代，学习全部停掉了。那个年代，跟老师学琴不可以大张旗鼓，老师也不要学生的学费，只要请吃顿饭就可以了。喜欢音乐的人就偷偷听美国之声，想办法听张老唱片，机会太难得了，会努力记下谱子，跟同样喜欢音乐的人交流。压抑的年代，想要喝咖啡也只好去西餐厅买些咖啡渣回来，在家二次冲泡过过瘾。“文革”结束后，乐队和学院都进入草创时期，黄国瑞被选上学拉琴。学了4年，就怕当众拉琴，很怯场。

14岁那年，黄国瑞去上海音乐学院修琴。修琴师傅毕庶东听了听他拉琴，兜头泼过一盆冷水。说他根本不是这块料。还是早点改行，学修琴吧。做音乐家的确需要天分，他也确实热爱小提琴，就跟着师傅学了两年。用从工地上捡来的木板，他也做出过两把小提琴，当然只是样子看着像，只能发出“吱吱呀呀”的响声。

后来，黄国瑞进了上海提琴厂，在那里认识了自己的吉他老师。这位老师在“文革”期间被判了20年，罪名是弹吉他是黄色的事情。在“文革”结束时，坐了10年牢被放出来，问他有什么要求，他就提了一个，只要去跟吉他有关的单位。上海提琴厂也做吉他，于是这个老师便来了。黄国瑞跟着老师学吉他，又圆起了自己的音乐梦。厂里组织乐队，大家一起玩音乐，他认识了现在的太太，跟她一起玩琴，去上海为数不多的西餐厅喝咖啡。太太的父亲对西洋文化感兴趣，画油画，听古典乐，送女儿学小提琴。许多制琴师傅心底都压着一个音乐梦。对于黄国瑞来说，音乐是个遥远的梦，制琴、修琴才是自己安身立命的所在。

1995年他东渡日本，在东京的琴行里工作，一待就是10年。琴行的老板对每一个客人无比尊敬，特别是对那些小孩子，比见到有钱人更有热情。与学音乐的小孩建立信任，他们是会把琴交给你一辈子的。他从计划经济体制里出来，那时候做了许多琴，却像是在混日子，对琴也没有太多感悟，倒是打下了结实的木工基础。在这里，他努力工作，也得到相应的回报，学习各种规范，规则有时看上去死板，却牢牢地框住了精髓。这10年里，他过去的同事们改行的、下岗的，物是人非，没有人继续制琴了。他要回上海，日本老板很看重他，很不舍，但也能理解手艺人最后都想有属于自己的作坊，每把琴都要刻了自己名字出去的那种感受。

做一把白琴，也就是没有上漆的琴，至少要1个月。小提琴的制作里藏着多少难解的奥妙，琴身、低音梁、音柱，就连琴身上油漆的硬软、琴弦张力的大小，也都会影响音质。一切的最后，都是为了演奏出动人的声音，音乐才是小提琴的灵魂。

他一点点地摸索复杂的小提琴制作工艺，尤其那些直接影响音质的关键步骤。由面板、背板、侧板组成的琴身，是小提琴的主体。面板的材料必定是云杉，由两块板拼接而成。好的小提琴背板，用槭木制成，形状与面板完全相同。面板和背板的表面中央呈隆起的拱形，要用带圆弧的圆刨，一点一点刨削而成。面板和背板有弧度，可使小提琴共鸣良好，发音洪亮；当隆起较高时，声音明亮而柔和。

做琴的最好是会拉琴的、懂琴的，这样才能调试好每个细节。制作低音梁，是一道关键步骤。通常用精选的云杉制作的低音梁，长度为琴身长的7/9，装在面板左侧，略斜。装上了低音梁，面板就能整体均衡地振动了。而小提琴音质的好坏，音柱才是关键。音柱是用云杉制成的小圆棒，装在面板和背板之间。法国人称它为“灵魂”，日本人则称为“魂柱”。一把小提琴，只有装上音柱才能发出有灵性光辉的声音。没有音柱的小提琴也能发声，但声音如同敲击一个壶时听到的，空虚而缺乏穿透力。制作并安放音柱的过程，充满玄机：音柱的长短，全凭制琴师目测，却容不得有半毫米误差；安放的位置稍有改动，小提琴的音色竟会有天壤之别。

一把琴做好放在那里，过一段时间一拉，好像又变掉了，不是最初设想的那样，他会再把琴拆了，重新做一遍，不断地调整，全靠自己把握。做琴是人为的想象，等琴做出来，这些木头不一定听话，有的琴黄国瑞做完后一直不满意，于是不断地改，反反复复，直到把琴做废掉。做琴让人陶醉，最快乐的事就是自己在某处的技艺又提高了，又有了新的感悟，比赚钱快活。

回国要面对现实和理想的差距。国内买琴的人喜欢去展览会，喜欢买琴中的名牌，职业乐手更是花大价钱买德国、法国和意大利的小提琴，对国产琴大多淡漠。有次客人进来，指着一把琴问哪里产的，他逗乐说："意大利的琴。"客人拿起来试拉，边拉边赞美音质，黄国瑞说其实是他做的琴。客人放下琴就不多说了。这几年琴越做越少，做得最多的是琴弓，主要靠修琴维持生计，庆幸的是早年买下了店铺，不然早就不可能支撑到现在。作坊这点收入，远比不上租给人家收的租金。可不叫他制琴、修琴，等于抽走了生命的唯一寄托。

给客人修琴和做琴是一个需要相互了解的过程，黄国瑞需要跟客人多一些认识，才能做出最适合客人的琴。钢琴上有张贺卡，上面贴了小姑娘和自己琴的合影，那个日本小姑娘曾经来这里修琴，回国后开了自己的独奏会，托母亲送来了写了祝福的卡片。有位美国母亲，收养了两个中国小女孩，送她们去学琴，每节课的费用是 100 美元，她们的琴在这里买的，在这里维护。那个母亲一直彬彬有礼，有次却在这里激动得流泪，原来那天是奥巴马当选总统的日子。

给客人修琴，最大的乐趣就是探寻那些价值不菲的名琴的底，打开它们其中的奥秘：一样的云杉和槭木，制琴大师是怎么给了它们灵性的。也会遇到讨价还价的客人，希望琴修得便宜一些，不要修那么多处，这让黄国瑞很苦恼，毕竟琴是一个整体，往往动一处就要接连动另一处。还有些客人放下琴就匆匆忙忙走了，让他有点失落，在他心里修琴是要与人磨合的，修琴要了解一个人。

有些人来买琴，完全是为了圆自己曾经的梦想，可是往往学个 3 个月就坚持不下去了。还有些小孩子，对黄国瑞说自己考级的压力，他便告诉他们，学音乐要真的热爱，考级并不重要，要为快乐去学。但是太多人学琴只是为了考学加分，太多人拉琴是为了赚钱，对音乐假惺惺。他反复说，心底发出的热爱才有效。

做这行当，要珍惜每一个客人，要是遇到真的热爱音乐、珍惜琴的人，他开心极了，使劲给人家优惠。送他 CD 和音乐会门票的客人往往会被拒绝，花钱听音乐才是对音乐人最好的尊重。过去儿子在上海的时候，周末会来店里帮忙。现在儿子在纽约接受专业的制琴教育。只是他对儿子回来接班这件事充满担忧，这行投入太大，却太难了。黄国瑞说，也许做到死，很多奥秘还是不能感悟，忙不出个名堂来。

时间也有自尊

钟钟有一辆吉普，外形最粗犷的那种。车很不配他的长相，钟钟戴一副黑框眼镜，很内敛的外形，学生气很重，完全没有一丝彪悍的特征。可他就是驾驶这辆跟他不匹配的车，有过很多冲动，说走就走：南下贵州，只是为了看当地人做蜡染；穿过沙漠，到过新疆；碾过草原，途经青海湖；驰骋大漠，游历过莫高窟。

工作室在杭州，钟钟一个月会在杭州待 10 天左右，多半时间都会待在外地的工厂。有一哥们女朋友在青岛，眼看就要黄了。钟钟问哥们是不是真的爱这姑娘，哥们点头，钟钟二话不说开着车载着他从杭州去了青岛。结果哥们表白成功了，还说服了原本反对的女方父母。

钟钟跟一群手艺人一起自驾去青海，天气变幻莫测，同一天经历晴天、雨天、下雪，驾驶过平川、冰川，翻越丘陵、高原、草原。疲劳驾驶是大忌，晚上累了就停下来休息，不赶夜路，在沙漠上燃起篝火，边喝酒边闲聊。若不是在路上，人无法想象广袤天地下人的渺小；无法想象今天还在冰川中翻越祁连山，明天就在隔壁沙漠里打滚；无法想象除了草原、戈壁滩、沙漠，远处是雪山，偶尔有个湖，路上有时平坦笔直，甚至几十公里不拐弯，就这样笔直笔直地伸出去直至地平线。在没有任何参照物的道路上，速度只是一种幻觉。

有些路段常常发生撞树、撞电线杆、坠下河、坠下桥的事故，好在他们一直谨慎驾驶，只是间歇性出现爆胎、高原反应。在经过鸣沙山的时候，钟钟的车陷在沙漠的沙丘底下，越加油越深陷，有一种要掉下去的感觉，刹车时轮胎会将沙子搓起来，形成一个小土堆。钟钟无助地下了车，风带着沙子往下吹，是一个沙旋风。他呆呆地站在风里，简直动了弃车的念头。这个时候车队里一个阳关兄弟跳上他的车，帮他开了出来。

晚上月亮爬了出来，大家就坐在外面看月亮，感觉离自己那么近，月光轻盈、柔软，让人沉静下来。其实月亮每晚都会升起，只是人们都不会抬头看一眼。在城市里，人们早已在因循不觉的日子里看惯秋月春风，感官不及现在敏感。

钟钟的很多个夜晚都是在工作室里度过的。夏季的夜晚比较凉快，工作的时间会更长。有时候需要烧铜水浇铸一些产品的时候，就要趁夜里凉快做一个通宵。铜水温度太高，在白天进行是无法承受的。深夜他浏览很多国外的网站，采购一些自己喜欢的古董或者有趣的东西。

不是在路上，就是在工作室里。回到杭州，钟钟继续在自己的工作室埋头工作，回到了平静的样子。他做的是金属设计，钢、铁、铜几种金属原料，灯具以钢、铁为主，文具、首饰用黄铜。所有的这些都是不加电镀的。不经电镀的金属会随着时间和使用者的习惯发生氧化，而后产生了时光的钝化所带来的沧桑感。

这是一种对待时间的态度。花开就一定会花落，衬衫一定会褶皱，铜器如果不会氧化，同样面目可憎。金属可以通过电镀抵抗氧化，而人呢，会衰老，会死去，谁也逃不过时间，任凭它氧化你磨砺你。你我都是时间自然造就的作品，你跟时间相视而坐，相处交流，莫用力过猛，时间也有自尊。

依旧有人能欣赏时间，就如钟钟，第一次接触到了美式的古董工业灯，就喜欢上了。中国几十年来，很多工业设计遵循的设计思路是苏联风格的，延伸到民用也是如此，忽然间接触到西方的百年经典设计。近现代灯具，越来越为了设计而设计，一定要冠以一定的设计辞藻或者材质意义，才能冠为“灯具设计”。灯原本的意义就是为了照明，为了使用方便，为了明亮而又耐用，现在的灯具变得越来越矫情，越来越不“纯粹”。而百年以前的工业灯具，完完全全地忠于使用与实用性，无论是在耐用性，还是在照明的多角度性上来说，绝对是细致入微的。百年以前工业化大发展，还有二战的军事标准化要求，使得每一个厂商的灯具在各个重要部件上，都存在尺寸的兼容性，也就是A厂商的灯头可以接驳B厂商的灯罩搭配使用，具有无限组合、无限可能和无限美学状态。钟钟为此着迷，萌生了复刻一款灯具的念头，带着这款灯具寻访过很多工厂，但都被拒绝。最后终于决定自己动手去制作它，花了半年时间艰辛做了少量的复制产品，很快被身边朋友抢光，再做，又没了。

有了点钱可以开发新产品。几乎一半的时间用在游历不同的城市或者国家，钟钟的很多产品的原型或者灵感也都源自这些地方，想尽办法把它们用自己的语言再次呈现出来。没钱买这系列昂贵的灯具，就卖掉了自己最爱的收藏，努力地赚钱存钱筹集资金复刻。比如一个黄铜小夹子，是在印度看见，在巴黎买到，最后几经周折复刻完毕；一款即将完成的黄铜卷尺来自于马来西亚的偶得；另外还有景德镇之行后结识朋友完成的陶瓷灯罩；一个黄铜心脏吊坠灵感来自英国伦敦自然史博物馆的设计。过去的很多设计产品，多半使用金属为原料，一方面是当时科技的局限，另一方面是它们也的确足够耐用。这些产品放在自己面前，就能感受到它散发出来的诱惑力。

人和物之间，通过充分共处的时间之后能产生难以言状的情感。现代商业量产化的产品追求生产快，希望消费者尽快丢弃旧的购买新的，这样才能产生更大的商业销售空间。其实过去很多金属制品不是因为本身设计不好，而是因为造价太高，或是过于耐用长时间不能产生再次消费而被逐渐淘汰。还有很多人渴望那种与物在使用中产生的情感，于是依旧选择做这些看似笨重，但其实很有灵气的设计产品。过去的人们设计能力其实一点都不比我们差，在某些结构设计方面甚至远远强于现代。

钟钟做的第一件 O.C.White 复古落地灯，是美国 1882 年就已经问世的一款牙科灯具。因为它能够方便地多方向无死角照明，后来被广泛应用到了很多领域，金属臂上手感极佳的八粒圆球小扳手是灯具最大的特点。在 100 多年前美国工业流水化生产要求下，很多不同品牌的工业设备也会遵循一些规格标准。就好像 USB 接口可以兼容不同品牌的 U 盘那样，灯具之间也可以接驳不同品牌的底座、灯头、灯罩甚至杆件。这就为 DIY 古董灯具创造了无限可能，复刻灯具本身就存在无限“再设计”的可能。除了金属臂、杆、扳手出自 O.C.White 原品，底座和灯罩均是搭配，并不是不动脑筋的翻版。美式古董工业灯具独有魅力的部分不是购买一件“成品”，它其实只是一件“半成品”。因为尺寸的兼容性使它具有无限组合的可能，可以有更多再创造、再设计、再呈现。

钟钟做了一款吧凳，主要是铸铁。大致的生产流程就是用沙子和模具，通过几次翻模得到一个浇铸用的沙模，然后再把熔化的铁水倒进去，得到粗坯后再精加工。盛夏里，浇铸工厂更是热得吓人，加上各种弥漫的粉尘，里面的很多工人挥汗如雨，但是依旧十分仔细认真。F.A.Hardy & Co 剪式伸缩壁灯款式，多处关节可调，铆接铸铁镀铜，来自于 20 世纪初美国芝加哥。这款百年的灯具在不同时期带来了多变的细节，但其独特的剪式设计一直得以延续，有股固执的复古工业范儿。

2013 年 4 月底，通过一位空少，钟钟拿到了一套 F.A.Hardy & Co 厂牌的灯具样品。这位朋友也真够义气，把灯具裹在自己行李箱里，自己的换洗衣服都塞不下了。全套灯具大概大大小小 80 多个零件，但是有三分之一零件是重复的，只要控制好关节咬合部分就完全没有问题。首先是锻造机锻打灯头，把一些大的金属构件初打成型。灯头上方的那根弯管，需要通过焊接技法实现。其实在这个阶段产生了相当庞大的一个报废量，铁质套管的厚度有限，经常被焊穿。铁渣凝结在套管里无法清除，灯头关节的上下就不能顺畅滑动了。前前后后花了 3 个月时间，第一套样品终于出炉。记得那时候激动的钟钟便信誓旦旦向朋友们保证，两个月内就可以完成第一批量产。之后凭着这股热情，几个月里埋头噼里啪啦装了近百套出来。

但是钟钟犯了一个致命的错误，就是在还未处理好表面钝化层的时候便进行了组装。剪式拉伸结构对构件的精密度较高，若是在最后阶段钝化，金属表面增加的一点点氧化层都会直接导致所有关节无法活动。每套灯具一共有 26 处手工敲铆，6 处钻孔固定，都是一锤一锤砸出来的。他几乎花了同样多的时间把近百套灯具解体，那段时间几乎都要崩溃了。

正是因为这次返工，才得以有机会试验了多种表面钝化工艺。O.C.White 系列所用的表面处理方式是浇钢发黑，优点是处理快捷迅速，缺点是抗氧化时间相对较短。在 F.A.Hardy & Co 表面处理方面采用了完全不同的方法，增加 4 道工序，大到锻造零件，小到螺丝钉统统处理一遍再重新进行组装。最后的表面效果是十分喜人的，有金属腐蚀过的斑驳感，也有肌理触感，但又能保持效果不再轻易腐蚀。单从商业角度上来说，这个款式复刻进行了接近 1 年时间，耗费了巨大的精力、金钱以及时间，其实早应在初期就放弃。但那时的钟钟完全已经和自己较上了劲，第一批产品钟钟大概组装了十几套，全都交给身边一些朋友试用，收集第一手使用反馈并且加以改进。又经过了数月的调试，终于在近期定样完毕了，坎坷曲折现在看来都是财富。

钟钟最常用到的工具应该是砂轮打磨机。很多零件从浇铸工厂或者冲压机上拿下来之后，都要用砂轮机打磨，但因为是手工的缘故，每件产品出来都会略有不同。现在生活中很多批量化大规模制作出来的金属产品都是简单打磨就电镀，处理后道相对简单很多，但是这样隔绝了金属与氧气，长久使用下来还是那么冷冰冰的没什么痕迹，手工打磨，让金属与氧气发生奇妙的接触，这是钟钟比较喜欢的地方。

不要磨灭时间的痕迹，时间也有尊严。

冰冷亦有动人时刻

不是每个人都能在剑中看得到深意。一个人的思想和阅历还没有达到欣赏剑的时候，剑在他的眼里也只不过是兵器。

女人本来不爱兵器的，觉得这应该是男人世界中的表达。看了季劭聪的剑，倒是觉得没有这般冷虚无情的可怕。向他求剑的人很多，男人本色尚武，尚武又崇文当然喜欢剑，剑是君子的物品，是百兵之君，文与武都在上面了。本来是武器，是要去拼杀的，可在中国人眼里是赋予了人文精神的，是含了仁、义、礼、智、信的。还有好些人坚持传统，相信家里放一把好剑可以镇宅。女人看剑，这些都不管。

冰冷的东西也有动人的时候，美丽的东西也有让人生厌的一刻。

季劭聪是铸造出过绝世好剑的，所以大家称他为大师，很少有大师像他这样年轻，连白头发都难得找到一根，说话的时候对剑的热爱会从眼睛里迸发出来。中国人爱看武侠片，刀光剑影中剑是正气的象征，负剑行侠是光明正大的快意恩仇，很多武器显得有些旁门左道，不够正义之师。

季家在当地是代代相传的铸造世家，季劭聪的祖父季可满也是一位手艺精湛的铁匠，龙泉宝剑的传人，是当地方圆几十里的名匠人，季劭聪打小就习惯了铁与火的铸造工艺，几个哥哥也都带着徒弟从事刀剑制作。他自己也带了徒弟，有的年纪甚至比他还大，入门门槛是要吃得了苦，耐得住寂寞，有体力，有善心。

可是祖辈们从事手艺纯粹为了生计，那时做的多是刀条，也打不出真正的好剑。祖父是个性情中人，谁需要剑他就去给人打，有时候包饭烟就算人工费了。他觉得那时的剑失去了古意，丢掉了很多传统，自己最想做的还是恢复古法。他翻阅钻研中国刀剑历史，对历史上名刀名剑了如指掌。季家传下来的龙泉剑已有 2500 多年的历史，世人都夸龙泉剑好。

在古人眼里，一把好剑，吸取了日月山川之精华。春秋时期，龙泉属越国，在瓯江上游，山溪中蕴藏含铁量极高的铁砂，称为“铁英”；茂盛的森林提供优质燃料；秦溪山下有北斗状的七口井，水质特异，甘寒清冽，用来淬剑非常合适；宝剑锋从磨砺出，龙泉山石坑特产一种名为“亮石”的上好磨石，用来砥砺刀剑，锋刃锐利，寒光逼人。一把剑能折回，再一弹出去，声音刚唧唧作响，足够锋利，刚柔并济，硬度和柔韧度都够，花纹也要漂亮，就是好剑。宋太宗《缘识》中说：

“寒光到处鬼神愁，哮吼乾坤一片秋。龙泉剑，龙泉剑，我用似波流，升平无事匣中收。”龙泉宝剑的自然青光洁白夺目。细看手工锻打而成的龙泉剑剑身，上面袅娜多姿的花纹绝不重复，摸上去却没有凹凸感，就好像这些摇曳多姿的花纹是天生其中似的。季劭聪告诉我，这种花纹并非镂刻或化学腐蚀而成，是铁英砂、含碳钢经人工反复折叠锻炼自然炼就的，磨之不去，历久常新。

许多武侠电影电视剧里的剑都是请他铸造的，这点是让他小有名气的事情。剧组纷纷找他铸剑，聘请为兵器顾问，看中的是他懂兵器历史，能够还原时代该有的元素，每一个年代的刀剑制式都有那个朝代独有的风格，同一年代剑式统一。他也为成龙上海武术馆铸造了三把宝剑，用作镇馆之宝。这些都是附加而来的，他的本意是在莫干山这个地方，把家里的手艺结合自己对刀剑历史的研究，用古法铸剑，复原失传已久的古法镟焊百炼钢煅打技艺、覆土烧刃等热处理技术，让传统的手艺理论体系完整，工艺传承严谨。

季劭聪的铸剑作坊开设在莫干山脚下。传说，干将是楚国最有名的铁匠，他打造的剑锋利无比。楚王知道了，就命令干将为他铸宝剑，于是干将与莫邪夫妻就在此铸剑，莫干山的名字也是这么来的。为了铸剑，干将采集五方铁精、六合金英，候天时、查地利，直到阴阳交会、百神来观才燃薪鼓炉，却没想到遭逢气温骤变，熔炼的铁汁难以流淌。正在一筹莫展时，他的妻子断发剪爪，毅然投身炼炉，顷刻间，铁汁沸腾、金铁相濡，铸剑师遂以成剑二枚，一阴一阳。从那一刻起，干将和莫邪的名字便留在了史书列传之中。莫干山依旧，静静埋藏着古老的莫干剑文化。季劭聪收藏了一把在莫干山脚下挖出的春秋战国时期的古剑，根据材质可以判定是铁剑，铁剑已在当时存在，只不过数量稀少。他重铸莫干剑，复原铸剑锻造工艺，那是纯自然手工过程。只有手工锻打，刃材经过完善的热处理，才能让刃区硬度、弹性等性能都做到尽量完美结合。

做一把好剑，要集很多匠人的智慧于大成。这是非常吸引人的地方。铸剑每个程序他都要学习，他不断请教交流，身边有一群匠人朋友，做堆漆的，做手工雕钢的，冶金的，炼工、磨工、木工、漆工、雕工都是他的老师，他们一起研究古法。比如剑身的花纹就要用最好的雕工，或花草，或走兽，或云龙，切割有痕的刀法，粗犷或精细，都要奇中传神。

铸剑最大的忌讳就是心急，这是份精细活儿。配料、锻合、复合、镂刻、淬火、磨砺等每一道工序，都要耐得住寂寞，稍不专心就会伤及自身。年轻性急最容易受伤，他曾在最后几道精磨的时候，突然看到溅得到处是血，才发现右手食指断了，一直挂着。没了这只手指，就用其他的手指，倒是方刚的气概，现在已经满手是茧，满手是伤疤。随着技艺不断提高，受伤的概率也越来越小了，受伤是不可避免的过程。

原料是陨铁最好，10 斤毛铁仅得 1 斤钢，配好的料入炉加热，反复折叠锻打，去除杂质，用传统百炼钢的折叠锻打层数，如折叠前材料为两层，折叠一次后是 4 层，折叠二次是 8 层，折叠三次是 16 层……多者达上万层。好的剑条要打几十万次，硬的钢、软的钢，跟揉面团一样一层一层地揉，把最硬的钢夹到中间，两边刚柔并济，中间是硬钢。材料不同，折叠锻打的方式不同，得到的花纹形态也不同。比如，叠打的花纹如流水，团打的像云朵，旋打的似螺旋，还有松针纹、珍珠纹、龟纹、羽毛纹等。

铸剑最重要的一道工序是淬火，将已锻好的剑坯烧到一定温度后浸入水或油中急速冷却，只有经过淬火，才能提高剑身的硬度、强度和耐磨性。如同淬火形成的“马氏体”，要经过生活中许多挫折和艰辛的洗礼，人品才能清纯坚韧。淬火后的剑还要磨砺、精研、装配才能成器，所以没有一定的学养、修为、阅历，就只是一块“大材”。锻造时每一次敲击，从力度到角度都有不同，铸剑师每天的状态起伏，也会影响剑的品性。最后磨砺也非常讲究，分粗磨、细磨、精磨和研磨。各个阶段用的磨石都不一样。白石、红石磨去剑身上的锉刀痕，油石、亮石磨去上一步骤的红石痕和白石痕，边磨边蘸水洗边观察，一直磨到剑身光鉴可照，寒光逼人，花纹自现。

最满意的一件作品就是“战国剑”，取材自 4000 多年前落在阿根廷的陨石和土钢，经历了 72 万层的锻打，剑身清晰体现出手工精细的折叠痕迹，犹如大海波涛，透露出玄铁的寒光，精美至极。一把好剑也要配上精美的剑鞘。鞘中之剑，未露锋芒时，也能从他精心雕刻的鞘上看出名贵，用的也都是上等好木材，配上中国人喜欢的宝石，外饰铜、铁雕银丝、镂空、浮雕，错银鎏金、阴刻镶嵌。他也钟情于汉代剑，剑把只用简单的布条缠绕，质朴得毫不起眼。剑做多了，就返璞归真了。

在龙泉以打剑条为主，在杭州他成立了泉季剑坊。想要得到季劭聪的剑，必要预定，打一把剑最少也要 1 个月。买剑的人各种缘由，有的出于收藏，有的就要在家树立正气。故事也太多了，比如他在杭州大师展上遇到一位富豪，一见到就喜爱到不行，非要当场请走他的剑，富豪的妻子却极反感地盯着他，大概不喜欢刀剑这类武器。3 年之后，这对夫妻又专程登门拜访，富豪妻子带足了礼品，表示感谢，说这 3 年来，剑挂客厅颇有气势，她老公工作也顺利了，下班也准时回家了，赶回家保养剑，夫妻话题也多了。虽然人们多多少少总是带着一种小迷信去看待剑，不过在季劭聪眼里，剑就有正气。

剑是正义的象征，铸剑要心存正义，铸剑师是要有骨气的人。每一把名刀名刃，背后都有一段历史，只要你把它看成是一个有生命的个体，用心锻造，就能制作一把宝剑孤品。千万次地锻打，不厌其烦地磨砺，只为了最独特的那把剑。做人当如铸剑，外表如剑鞘，不求华丽无比，但要精致巧妙；内涵如剑身，只有千锤百炼，方显英雄本色，剑修长光洁很优雅，人也当有剑的风雅气度，刚柔相济。

无需十全十美，生活本然如此

没有一点多余颜色混杂的竹子，没有不协调的装饰，没有过度设计，有时候纯洁的空间，看似枯淡，却能真的让人回归，这里却更需要精确和精心。

“宁可食无肉，不可居无竹。”杨剑家乡在江西一个小镇里，靠近井冈山，是盛产毛竹的地方，房子都建在山上。除了上学就是玩，在竹林里长大，各种传统手动小玩具，都有竹子的影子，家里也会做一些竹子用品，请工匠上门来做，10 块钱一天，包伙食。他认为过年和请工匠来家的时候最幸福，因为伙食最好。工匠们一早来了就上山砍竹，然后劈竹加工，杨剑和其他小伙伴在旁边捡竹子废料玩，竹子是儿时的陪伴。

学设计毕业，杨剑也曾经打过工，却没有找到自己的归属感。自己做设计工作室，必然想到了竹子，天然的弹性、天然的透光性和温润手感，这些让竹子不同于木头。只可惜，现代人对竹子的情趣在不知不觉中消失得无影无踪，竹子制品在人们心目中是廉价的，不值得一提的。

他是真正热爱竹子的人，对竹子的尊重表达是顺其属性，物尽其用，绝不可以为了竹而竹，违背竹的自然特征，强行使用。他跟有相同理念的师弟一起专注竹子，给自己的工作室命名“十竹九造”，十成的竹，九成的工艺，留下一成属于它独有的自然与朴素。实实在在地做竹制品，却不要求十全十美。无需十全十美，生活本然如此，给自己一点点信心，执着的坚持，无所谓成功与失败。

走访了很多地方，杨剑一个人盘旋在乡村小道上，偶然会发现一个小作坊，里面一个老大爷，安静地做着手工艺的活。那个画面很让他感动。不管你信不信，这个世界无论多么喧哗，一定有人还在专注地、默默地做着自己喜爱的东西。做一件细致入微的事情，安静生活、寂静思考。

为了选材，他对竹子的挑选非常严格，研究分析了竹龄、采伐季节和竹林区域位置选择。2 岁以内的竹子，质嫩、疏松，极易变形，并且由于水分多的同时糖分也较多，容易长虫生霉，不宜当作竹编灯具的材料；而超过 6 岁的老竹，由于纹理粗糙，竹纤维老化，造成竹片柔软性不佳，缺失弹性容易断裂；而 3

到5年竹龄的竹子最好，因为竹纤维及质地均处在最佳状态。竹子有春竹和冬竹之分，一般在立春至白露前砍伐的竹子叫春竹，春竹的含水量高，加上本身含有糖分，故容易遭虫蛀；白露至立春前砍伐的竹子叫冬竹，冬竹含水量少，糖分含量低，竹材的内部细胞结构紧密，不易长虫，经久耐用。

竹子工艺，在中国许多偏远地方和少数民族寨落还有保留。在老师傅的工具箱里，老师傅家中的角落里，杨剑会发现很多有意思的东西，他们也许不觉得有什么特别。他努力还原传统工艺，通过师傅历经10道手作工序精细操作，得到竹编所需之上乘良材；前后需要经过锯竹、卷节、剖竹、开间、劈篾、劈丝、抽篾、抽丝、刮篾等等，经历了这些，才能真正开始一件作品的创作。

杨剑的竹子制品让人感觉舒服，很大原因是他保留了竹子本身的触感，不会用化学材料去装饰包装竹子。用竹子制作凉席，人躺到竹凉席上，汗水被竹丝吸收，体温随着下降，使人感到徐徐清风席上来，汗水渗进竹丝，竹丝更加温润清凉。使用年久的竹凉席散热收汗性能更好，越睡越凉，跟人体的皮肤进行互动。如果需要处理，也只坚持使用环保水性漆，从根源上保护竹子的天然舒适触感。

对竹子进行简单分段，初加工成竹段，做成竹丝。竹丝通透，透光，“薄如纸，明如玉，平如水，柔如帛”。通过师傅编织，做成竹灯。灯光透过自然的竹片，光线温和而饱满，色泽漂亮而自然。竹编织物，看上去普通，古人有使用竹墙、竹窗帘、竹遮阳伞的习惯，家中更有数不胜数的竹器物。扇、箩、筐 、篮 、箕畚等生活日用品，平凡到不被人在意。貌似千变万化的竹器物，但是做法万变不离其宗。

杨剑对竹有自豪和崇敬是有理由的。东方人就如竹子，谦虚，委婉，内心却坚强，竹子的气质是温润的，进退自如。那些竹制的家居品，于角落里自在开放，默默悦人，却始终不引起过分热闹的关注，保有独立而随意的品格。你可以选择自己的家，一盏竹灯，一张桌子，一把竹椅，忘记外面的喧嚣世界，在城市里陶情于自然的乐趣。

手艺是传统的保留，是生存的方式，是获得尊敬的途径。

时间是无形的手艺人，可以在钢硬的钢铁表面留下痕迹。

很少有人是天生的巧匠，

更多的是日复一日，

年复一年地手作，

他们打磨了手艺，

也打磨了心。

让心安定下来的力量

手工劳作，是身与心的协作，
并在其中深感一种深沉的满足。
每个人的心里都应该有一种可以掏出来，
让自己安定下来的力量。

五感之美

吃日料的时候最期待甜品环节，服务生端上木质小碟，里面盛着珠圆玉润的和菓子，配上一支木制小叉，让你用它将甜甜糯糯的菓子送入口中。菓子精美，造型多变，属于治愈系食品，所谓“治愈”就是让人赏心悦目，一扫愁容。每次吃它的时候，我都想象这些菓子是怎么做出来的？做它们的人又是怎样的？认识凌琳，刚好满足了我所有的好奇。

初次见面，凌琳就开始为我扫盲，估计这事她已重复千百回，谁叫我们过去都是在日餐厅吃到菓子，以为菓子是舶来品，还好她不厌其烦，解释菓子是我们老祖宗的智慧产物。其实很容易想到，日本的手艺，带有“唐”字的有很多，比如唐纸、唐伞、唐锦、唐带、唐菜……“唐”代表着中国，“唐物”顾名思义是从中国传来的珍贵物品。

菓子最初也叫“唐菓子”，是日本的遣唐使从唐朝带回来的食物，当时日本的甜品多是年糕和丸子，吃到甜美的唐菓子后，贵族们赞叹不已。在日本，菓子最初太过珍贵，只流行在贵族之间，他们用菓子供奉神明。日本明治时代，经济昌盛，处处改革，菓子也在这个时候通过继承和改良，成为民间最受欢迎的甜品“和菓子”。新的名字不但显示日本人的自信心，也能感受到他们不再拘于模仿，为物品赋予自己的精神内核。

可惜我们的唐菓子断了传承，没有系统在做的师傅，凌琳也是跟随日本师傅学习。为了学习全面，前后师从菓道大师三堀纯一、杉山早阳子老师、户边麻里子老师研习菓道，才把丢失的文化找回来。她不喜欢用“果”字，更愿意使用“菓”。这一个草字头的细微差别，可能也只有我们熟悉汉字的人才能感受。在汉字里，“菓”和“果”的意思相同，“菓”仅作为“果”的异形字存在。上溯到《史记·叔孙通传》，有“古者有春尝菓，方今樱桃熟可献”就出现了此字，这里的“菓”就是指自然界里结出的果实。当唐代糕点传入日本时，日本人就将当时中国汉字中加了草字头的“菓”字一并引入，用来指代面食点心，跟自然界中结出的果实区别开来。我们尊重她的虔诚和痴心，也从此写“菓”。

和凌琳还有一层缘分，在识她之前，她已识我，看她做菓子，竟穿了跟我一样的改良旗袍。她虽说是受了我的影响，可她偏有着我没有的恬静。看她低头专注于手上之物，顺滑的长发别在耳后，现场之人，无不被她东方气质里独有的沉静吸引。大家是同龄人，都属于焦虑的一代，世界变化很快，每个人觉得有很多事情要做。很多能让我们慢下来的事其实都是奢侈品。

一瞬间，我感觉凌琳不似年轻女孩，更像入定的老僧，坐得稳，气息定，没有多余的动作，几分钟的时间，一枚精致的菓子就在她的指间绽放。观看结束，我有一些体会，做菓子的过程首先就有独特的魅力，若要下油锅，用刀剁，抡铲子，怎么也不能让人安静。菓子的造型也含蓄雅致，并非有那些血淋淋的生肉、生鱼自带的原始。凌琳最初学的是西餐，曾在蓝带学校学习法餐料理。西餐用途广，也是当下时兴的美食，转向做菓子，也源于她被过程的美感折服。

没有厨房里机器的轰鸣声，没有西餐精确到分钟的流程表，没有刻板的程序，没有冰冷的厨具。做菓子更需要的是用心而不是靠刻度表，工具是木制的，更亲肤也更有温度。第一次在作坊体验完，她回去翻出以前那些甜点书里菓子部分的内容，被婉约又蕴含典故的菓子名字、雅致的造型和配色彻底吸引，再也无法忘怀。了解完菓子的历史后，她不但下定决心当学徒，内心还有想要将我们自己的菓子文化重新续上的志气。

从口味上和生产效率上来说，菓子确实比不上西点，但制作它的过程蕴含了许多东方人的生活哲学。例如“菓子不可甜过干柿、不可好吃过茶”，意思就是为人处事要认清自己的位置；

茶道里不谈金钱、美色等的规矩，使得菓子造型专注在“花鸟风月”的清净小世界里，需要你从自然界里去寻找灵感。大自然对每个人都是公平的，穷人富豪都可以抬头欣赏同一轮明月，得到多少愉悦感取决于自己的心态。渐渐的物欲会变淡，快乐更多来源于一阵微风、一朵花开等单纯的细节，让人很放松。

菓子很细腻，做起来要小心翼翼、十分专注。那种“入定”的状态，凌琳很喜欢，可以把注意力从曾经最为受累的“外在标准”“他人期待”中收回来，更多去关注自己当下的一呼一吸，因此少了许多焦虑和烦恼。

以前学西餐强调食材的珍稀，但菓子相反，追求食材朴素，有种不争不抢的气质。而且菓子追求“简约”“抽象”“留有想象空间”，这很接近国画的审美，跟她之前学的美食分类都不一样，去提炼和再解读的过程也会让人沉下心来。

虽然没有精确的标准，菓子自有其衡量的准绳——“五感之美”，色香味形意俱全。

一感为视觉。外表足够吸引人们去观赏。视觉上造型凝练，线条简洁，营造出一种“和敬清寂”的素雅氛围。如川濑敏郎所说：“所谓‘素’，即添一分则嫌多、减一分则嫌少的极致之美。”不用过分雕琢，色泽婉约含蓄，颜色由内而外透出来，给人一种晕染的视觉效果，更像是我们中国的山水画。不只是菓子本身，容器和配饰也相得益彰，打开盒子看到制作人在怀纸上手写的菓铭和诗句，再从菓子的线条中体会其中的意境，整个过程都是美的享受。

二感是味觉。人们多易出于猎奇而品尝食物，唯有真的好吃才能让人流连，这样的食物才具有生命力。在味觉上，菓子不争不抢，只保留刚刚好的淡雅香气。“口溶”一词，就是专门用来形容和菓子入口即化的口感，只这么一读都觉软糯。

三感是触觉。制作时柔软的面团在指间舞动，带来极大的触觉享受。完成的菓子，外皮特别柔软，在拿起它的那一刻，就会让人想卸下包袱，静下心来细细地去审视自己。

四感是嗅觉。菓子的气味通常比较清新淡雅，内馅料的食材更多会选用水果类的，比如苹果、草莓、柠檬等，而不会选用芝士和榴莲这种时下很流行的食材。

五感是听觉。所谓“听”指的是它的“菓铭”，“菓铭”代表了手作人想要传达的意境，手作人希望通过名字把做菓子的心境，传递给每一位观赏者。比如扇子造型的和菓子，取名“凉风”，口齿吟咏，仿佛已经微风拂面。

菓子常常是茶席上的配角儿，是花鸟风月般的点缀，“喝不求解渴的酒，吃不求饱腹的点心”，正是文明世界里的礼仪。它甘愿不出风头的品性，从这五感中表露无遗，也更符合中国人对志趣高洁的定义。只有集合了五感之美的菓子才是佳品，让食客通过一枚菓子，感受到自然中的无限灵感。菓子只做当季，蕴含着珍视时间的文化背景，菓子的造型、色彩和意境，无不源于眼前自然中的细节。由此可见，菓子背后，是文化的滋养。看似简单的事物，往往才叫人挖掘不完，只嫌人生太短，时间不够，全然不担心会有灵感枯竭或腻掉的一天。

我欣赏凌琳将之前所学西餐知识运用于菓子的制作，为菓子注入现代活力，创新了栗子蔓越莓，还有了萌趣应景的万圣节南瓜和小幽灵。为了推广菓子文化，她还策划展览，设置四季场景，让观者与菓子一期一会，感受时间的流动。她把菓子暴露在空气中，看它变化、衰老、干燥、开裂，用菓来寓意生命。四时流转，每个菓子如人一样，命运自由，无法复刻。

说实话，我在认识了那么多手艺人后，见到他们把热情都倾注在一件物品上，既能感受到这种不诉诸外界的快乐，我也有些担忧。是不是因为我们对这个世界太过失望，才不愿意投入更多的情感在人身上？为了逃避现实，只好更多地关注手艺，关注物，构建一个与世无争的乌托邦？如果真是这样，即便是匠人别无二心地热爱手艺，也会透露着一丝悲凉。

但转念一想，她做的菓子最后还是送入我们的口中，菓子更像是一种媒介，把菓艺人对世间万物的看法，对人的情感也都悄悄包含进去。个中滋味，就看各位食客如何去品尝了，最终还是落脚在人本身，这样想我稍有欣慰。或许，情感依托于物的表达，对于这个张扬的时代而言，才更为真诚。

当下的一切都是修行

安然的家乡在贵州，满街是身着奇特服饰和银饰的苗族女孩、布依族姑娘，她们迷人的服饰和身体上的挂饰非常夺目，街道上有弥漫着浓烈的靛蓝味道的染布坊，还有那些手总是黑色的染布人。

大学毕业的时候，安然在上海的房地产公司上班，老板是澳洲赌王，上了两个月她就受不了了。家人劝她不要辞职，她竟然说她想要过流浪汉的生活。没想到，她竟然混迹了整个云南。2002年来到香格里拉的时候，中甸的古城还很宁静，深深浅浅的石板路，一栋栋大藏房和猛烈的阳光。来了之后就爱上这里，租了房子住下，古城空荡荡的，游客很少，除了几户藏民居住外，宛若一个魔幻的空城。

她跟男朋友开了古城的第一家酒吧，所有的装饰全是他们自己动手制作。安然用捡回来的旧电线编织了系列灯罩，登山时捡回许多青苔，回来后用泥土敷在米斗上，便成了长绿毛的灯罩。农民家里收回来的旧米柜很容易就改造成了舒适奢侈的大沙发。房子是扎扎实实的双层格局，上层高住人，下层低是牛棚，每天的生活垃圾都从预留的小洞扫下，直接就到了一楼牛棚里，牛踩一踩就成了肥料。藏人去山上背来栗刺叶，用叶子的幽香压下牛棚泛上来的气味。因为酒吧建在牛圈里，名字就叫牛棚。每个古城的夜晚，有人醉酒，有人欢笑，有人私语，有人发呆。酒吧名气大噪，美国《国家地理》杂志来记载过，迪庆州州长几乎把牛棚作为他接待外客的客厅，王石也曾经带领登山队在酒吧欢庆胜利。

等孩子到来后，安然一家搬去了大理居住。在大理，她与一位补鞋匠合作，利用旧轮胎与皮，制作了一些形状各异的鞋，也经常和一位擅长毛线钩织的白族家庭妇女合作，设计制作了一批钩织衣和帽子。后来她在成都开了一家名为大象杂品的小店，贩卖一些自己设计制作的包包杂物及二手衣。在大理制作的这些鞋和衣服帽子总是很快卖完。

婚姻就像是一场大梦。离婚以后，安然再度回到云南已经是 2009 年，当时为了写一本书，工作结束之后便留了下来，在拉市海湖边一个纳西族村子一住就是 4 年，离丽江市区 12 公里左右路程。在拉市海居住的前两年，她在一个旧木改造创意家具工厂工作，其间利用旧木设计了一些小型灯具、家具。这是非常有趣的过程。特别是看见有人喜欢你所设计的东西时，那种愉悦与满足感让人难忘。拉市海静谧而美丽，四季各有特色，除去雨季，每天都有最美的落日美景。

她的院子在一座小山上，可以遥望不远处的拉市海，美极了。她每天过着休养般的生活，所有的时间都在看书、打坐、发呆，尽情享受着散漫与纪律交织的时光。直到有一天，突然觉得自己想做点什么，于是开始在一张厚纸上用不同颜色的笔画点，每画一个点，她便念一句“唵嘛呢叭咪吽”，当整张纸布满了点，忘记念了多少句佛号。然后她将那张纸缝制成了一个小包。于是，一发不可收拾，直到现在。从第一个纸包到现在，进步很明显。产品开始多样化，效果也很丰富，或画，或染，或拓，或绣。

成为一名手艺人，完全是随顺机缘的事。在云南的这些年，安然陆续接触了一些传统手艺人，深山里的手工造纸人，小村寨里的竹器编织者，乡镇边的陶器制作者，农家里的织布人等，他们的工作方式与所使用材质的纯天然性深深地吸引着她。那些由手与心合作生产出来的产品总是闪烁着低调而独特的光芒，在岁月里会保持一种持久的生命力，经久不败。

做纸包源于一个念头。在现代人一般的概念里，纸，就意味着如 A4 纸那样的薄，是一扯就破、入水即溶的脆弱的东西，那样的东西其实是退化了很多功能的工业纸，它们只限于书写，迅速抛弃。而传统古法手工造纸却是一项工序多达 20 多道，繁琐、慢速、需要付出很多劳作的工作，所使用的材质也是纯天然的植物纤维，即树皮纤维。植物纤维的柔软，较强的韧性，干燥后互相相连带来的结实度，诱发了她制作纸包的这个念头。

安然去丽江附近深山里的手工纸作坊拜访，那是一个在解放前就整个村子制作手工纸的地方，而目前只剩下两户人家在坚持。传统手艺都是在漫长的岁月里，累积了无数辈人智慧与劳作的一项属于人类的共同记忆。手工纸吸引安然的正是所利用的材质的纯天然性，以及这种天然材质的特性。安然使用的有两种材质，一种是构树的纤维，一种是大麻树的纤维，当把手工纸还原到植物纤维时，利用植物纤维的韧性与相连性做很多新的东西。

在纸坊先加工好纸包的材料。安然所使用的是植物纤维厚皮纸，厚度可以达到一般手工纸的 10 倍之多，而植物纤维良好的韧性与很棒的结实度，在干燥之后便成为制作纸包的原材料。利用这样的原材料，而后进行各种二次创作，如画、如染、如拓、如粘贴、如剪纸、如绣，甚至埋进泥土，等待泥土与纸进行反应之后的效果，再将二次创作之后的纸张经长时间的揉搓捶打，直至它如布般柔软，然后进行裁剪，配料，制作成包。制作成包之后还需要对纸包的表皮进行处理，目前是利用植物颗粒熬制的浆水，在表皮上上一道浆，收敛植物纤维细毛，并在纸包表皮留下一层保护层，保护了纸包的色泽，上浆这个程序需要重复两次，每次都需要放置在阴处自然晾干，如果在阳光之下或者烤制，会造成表皮破裂。在完成上浆之后，再用皮革专用的动物油摩擦表皮，可以达到一定的防水作用。

消失的工艺就像我们生活中消失的物品，不自觉，却给人浓浓的乡愁。

安然和同伴一起开车在贵州大山里走访了各个少数民族村寨，去了解了他们的生活，看看他们现在的穿着，观察他们每天的劳作。布依族、苗族、水族、侗族处理布就用很不一样的手法，深山里农户家庭妇女制作蜡染布与城市妇女制作蜡染布的手法也截然不同。她们各自染布时使用不同的材料，会造成不同的效果。

跟一位居住在深山茅棚里的苗族妇女面对面，当看见她的生活环境，看见她是如何操持完繁重的家务，转身坐在织布机前瞬间就能全身心地专注于经纬线的穿梭时，你会突然被一种简化到极致的生活本质所打动。而这些少数民族妇女，双手粗糙，脸上很多皱纹，笑起来非常彻底，她们面对生活，是泼辣的，而当我们一起坐在她们的客厅，看她们展示她们的手工蜡染画时，她们突然就表现出少女般的温柔，有些羞涩，拿出她们极其简陋的作画的笔和颜料，展示她们的画作，在那个阴暗的客厅，你突然意识到自己面对的就是艺术品，而且是不加修饰的艺术，也许这才是真正的艺术。对她们来说，那只不过是平常的生活。

走到贵州丹寨地区的时候，安然认识了一群居住在楼顶的苗族妇女，她们由附近的村子集聚而来，在楼顶找到了一个不小的工作场地，在那里制作一些传统风格的苗族蜡染桌布、挂饰等，后来安然便和这个小组合作，设计图案，由她们来制作，增加蜡染的题材范围，改变她们千篇一律的传统风格，试图制作一些符合当下人审美的蜡染产品。

在贵州三都水族地区，他们闯进了一个水族村寨，却受到了热情的接待。水族人热情好客，妇女们一边摆酒水招待，一边唱歌道歉：“你来我家做客哟，我却没有东西款待你，只有一杯水酒敬客人。”喝罢坐到墙边开始绣花，男人陪坐陪喝，妇女们笑声不断，手里却飞针走线，一点不出错。

马尾绣是水族的传统技术，她们将绣花线包缠住马尾毛作为绣花的材料，在布上绣出各种精致美妙的图案，用来制作孩子的背带，制作自己和家庭成员的衣服，以及女儿的嫁妆。安然也与她们合作，利用马尾绣的技术，绘制脱离她们传统图案的一些新图案，制作成包。

在安然家乡附近的布依族地区，当地妇女已经完全放弃了织布机劳作，那些织布机被高高地放置在楼顶，堆满了灰尘，她们却留恋织布劳作。安然和伙伴在那里成立了一个织布小组，让她们可以恢复熟悉的手工劳作，从麻将桌旁回归到织布机旁，又开始了手工劳作，织成布匹，制作成布依族风格的布艺产品系列。

在云南，安然邂逅了一个有制作传统羊毛毡习惯的白族村子，他们主要的产品是提供给小摊小贩贩卖的薄羊毛鞋垫。在几十年前，这个村子全村都制作羊毛毡，主要提供给高寒地区的人们防寒用，而工业生产模式带来的生活变化，使得大部分家庭都放弃了这项技能，目前只有几家在坚持。经过半年的准备，她去村子住在农户家里，和他们一起工作，利用他们的传统手艺，局部改变生产的习惯，扩大了制作的新可能性，制作了一些新式的手擀羊毛产品：手提包、小挎包、iPad收纳包、打坐垫、登山防潮垫、家用地毯等。所用的手法也多样化，或画或染，或直接用羊毛贴成型。

安然将工作室取名为“喜舍”。希望借由这个名字，传达放弃多余欲望、回归自然生活的理念，喜舍提倡身心合一的劳作与生活方式。而工作室也由一个人，渐渐地变成了两个人，有了同伴，增加了很多可能性。她有自己的小情怀，和身边所能接触到的大山里的那些散落的传统手艺和手艺人合作，利用他们传承的人类智慧技术，加入新的设计及创新，来生产制作新的、符合现代审美与使用的生活用品。

手工劳作，是身与心的协作，让人忘记身边的一切，深深地陷入一个个重复的动作，并在其中深感一种深沉的满足。用自己的双手来创造一些新东西，是安然的事业。工作、生活与修行，似乎都互相交融在一起，有时会有些模糊，有些混乱，在那样的时刻，要经常回想自己的初衷。实际上，当下的一切都是修行，只要守住自己的本心、真心，便能于一切现象中不散乱、不混乱。每个人的心里都应该有一种可以掏出来，让自己安定下来的力量。

当一个人处于身心协作的状态时，能量会像水流一样贯穿他们的全身，这股能量会赋予他们的劳作成果一种特殊的品质。这种东西也许是当下我们的时代缺乏的一种东西。所以，这也是当下手工劳作被如此珍视的一个原因。

安静沉凝，只为喜欢

要说什么最具海派特性的上海女人形象，是结绒线。

它是闺房里的手工制品。比如织毛衣，在黯淡的冬天，脱掉单调的大衣后，全靠不同颜色不同款式的毛衣来斗美，打毛衣也是女人们的消遣、交际和必不可少的生活必需品。毛线反复拆拆结结，不断翻新，多少毛线花色和织法都在悄然传播着，她们以此作为借口多了串门的理由、交友的途径，也在暗地里想着办法，织出夺目的毛衣。

手巧的就钩毛线，常见的就是用白色棉线钩成的桌布、电视防尘巾、沙发巾、杯垫、荷包袋，是田园的味道，白色添的是纯净之气，不华丽，却是生活里的小情调。钩花，突破了毛衣的局限，没有毛衣的笨拙，变幻无穷，绮丽多姿。整件衣服不好钩，也并非真的保暖之物，最多的是钩织帽子和披肩，镂空的图案多为花朵，不系扣的开衫，搭在连衣裙和旗袍的外面穿，是妩媚而典雅的款式，是端淑的气质。

但那些还算平民，绒线就不一样了，是羊毛制品，过去算是价格不菲的材料，是属于中上层上海女人沙龙式女红。

20世纪80年代，上海流行圈圈绒毛线，李黎明用别人送的一斤圈圈绒为女儿编织了一套童装。这套毛衣送去参加电视台的家庭编织大奖赛时，意外地捧得了一等奖。母亲早逝，父亲因“历史问题”发配到采石场接受改造。李黎明小时候必须和阿姨、姨夫一起生活，而怕惹事的他们总是让她待在家里。被禁锢在小屋里，她总爱天马行空地想象，长大后把这些幻想都倾入到编织中。

这真是意外惊喜，谁知道夜晚在家做编织还能做出小成就，随后沪上编织大师冯秋萍收她为徒，“张小泉的剪刀，冯秋萍的编织”。可见师傅的来头真是不小。1936年，当时恒源祥公司的创始人沈莱舟先生几度请风靡上海滩的冯小姐前去坐堂，并付出100块大洋的高薪，这薪水是高级职员的几倍。电影界、戏剧界和社会名流都是冯小姐的模特，电影演员周璇、王丹凤，越剧名流竺水招、尹桂芳、徐玉兰，社会名流李丽华、谢家骅、沈秋芳，京剧演员言慧珠、童芷苓等都成了冯小姐教材上的模特。

结绒线曾经是影星名伶热爱的着装，颜色远比纱线丝线繁多、鲜艳，是流动的霓裳。在还没有国产毛线的年代，女孩子们扎辫子的头绳用的是手工做的毛线、纱线、丝线，毛线被称为“毛冷”，“冷”是英文“line”。“毛冷”无比受爱美女孩欢迎，上海许多专营毛线的商店都称为“毛冷店”，以后才逐渐改称为毛线，上海人也叫做绒线，“海派编结”也成为一门独特的手工工艺。

李黎明可算得上师出名门。起初她协助师傅编写专业书，大量收集资料，加入自己的奇思妙想，也出了自己的第一本书《上海花式毛衣巧编钩》，一共发行了 17 万册，轰动一时，热爱编织的女人人手一本。她还将自己的设计作品印制成了当时时兴的挂历。后来她又写了《编织皇后精品选》、《李黎明时装编织艺术》等十多本书。上海女人一直是全国女人的流行风向标，看上海女人穿什么，才跟着模仿，纺织业发达，服装杂志也都是买上海的，什么潮流都是从这里散播出去。

1994 年，李黎明成立了自己的工艺编织有限公司，当时没有太多人有品牌意识，做生意都是为了赚钱，她却让自己的名字成了品牌，当然这也意味着，不可急功近利砸了招牌。刚开始为电影、电视、芭蕾舞演出等设计服装，这些的确都能赢来了不小的声名，可毕竟与普通人是隔离的。中国古老的手编艺术生命不绝，把实用性融进去，回归一种本意，编织美丽普通的人生。把舞台上常用的绚丽的材质换成平实的羊毛，可穿可看，在设计上下真功夫，有很多色彩的款式，每一个款式又有很多种配色，最多的可以达到三四十种，而每一个配色又只有几件。

与上一辈编织师不同的是，李黎明心气高得很，大胆去尝试前人没有的设计，更是敢涌入国际潮流中去，内衣、泳装、套装、晚礼服都可以用手工编织出来，她是唯一敢用50种以上色彩来表现一件优雅晚礼服的中国设计师。她的作品送展到法国里昂国际博览会时，更是引起了一片赞誉声，被称作是“中国时装界最具潜力的编织皇后”。

结绒线，曾经是奢靡过的，可现在却又显得有些老气。阿姨们还在编织着家里的用品，爱流行的女儿们已经不愿意再穿针织的开衫出门。可是这门手艺还是在李黎明手中不断开花，比如她多次应邀出访法国、意大利、奥地利、日本、中国香港、埃及等地，做专场时装发布。她将纯手工编织工艺的表现力发挥到极致，屡次引起了国际时装界的小波动，得到美国CNN在内的多家国际知名媒体的采访。她的作品被称之为中国传统手工艺在时装领域的成功实践，并获得多项国际荣誉，同时也被列入“上海市非物质文化遗产”行列。

在美国、日本、澳大利亚，她开设了自己的个人时装店，并成了首位进军法国开店的中国设计师，打动了对时尚颇为挑剔的法国人。不过在本土，开店之路却困难重重。2004年的秋天，李黎明拥有了一个属于自己的店铺。就在她非常爽快地买下这个店面后不久，房产中介的人就告诉她，一个台湾人也看中了这里，愿意多出100万元来买。中介劝她说：“编织服装能赚多少钱啊？别做了，只要你愿意出手，就可以赚很多钱。”然而直到现在房子的价钱一直在升，却不能动摇她开店的决心，有这样一家店，上海人才能看到海派结绒线。

她的品牌已经成了“李黎明手工编织”老字号，20年过去了，女儿长大成人，愿意继承母亲的心血，主做高级手编时装设计，只有在上海才能结晶出这样的文化。多种传统手工编织技艺，每一个款式都由“专人制作”的方式完成，某些款式的制作需要花费一名技术娴熟的工匠几个星期的时间。

在美材与巧手下，李黎明将手工编织做成了现代中国女红。用脑和心去编织，针法和色彩的组合可以变化无穷，毛、丝、麻、棉交替使用，李黎明喜欢使用不规则的排列，多色彩的组合，拼出了油画的色彩效果。立体贴花、巧妙绣缀，流动的图案，让服装立体起来。中国人编织的图案有着吉祥美好的寓意，这些是巨大的生命热忱，是女性的生命色彩。因为手编，才有一种动感和灵气，透露着随心所欲，既可以田园又可以豪放，是名副其实的五彩霓裳。

米酒意味着家乡

要想见到米酒先生，需要等到北京有机农夫市集。一开集就要去，排队能买到鲜酿的米酒，很抢手，去晚了就买不到了。有机农夫市集是近几年流行的市场，所有的蔬菜瓜果产品要经过验证才能入集，米酒先生是这里的名人，很多顾客都是冲着他来的，都说城市里喝不到新鲜的米酒，因为变质很快。四五个米酒坛子放在台面上，供人品尝，招牌上写着不同种类米酒的价格，所有的酒装在瓶子里，红色的盖子非常醒目。这个不大的摊位就是米酒先生的，他瘦瘦的，寸头，黑色头发中夹杂了接近一半的白色，样貌却是年轻的，有着中国男人的单眼皮和紧致的皮肤。

鲜酿的米酒不过才3度左右，酸酸甜甜之中又有醇香，喝一口就会爱上，是实实在在粮食的味道，是土生土长的香，很容易上瘾。米酒先生并不是酒鬼，他也爱喝，但爱酿酒胜过喝酒。

米酒先生名叫邓永生，湖南郴州人，第一次在北京卖米酒是在2009年的正月莲花池庙会，他的背包上写着“酒曲”二字，自己在庙会上逛足瘾，也顺便卖卖酒曲，一个上午过去了，真的卖掉了不少，这让他很兴奋，没想到这玩意在北京竟然还真的有人认得，特别是一些中年人对它是很有感情的，有一股久违的亲切感。大多数人却不清楚酒曲如何做醪糟，米酒先生顺道做了回老师。

对米酒的情结挥之不去，是一种乡愁。从那之后，也就是三十而立这年，来北京6年后的米酒先生下定决心，延续家里古法酿酒的手艺，以卖酒为生。在这之前，他做过营销、股票和房地产，在他看来都是充斥了太多虚假的行当。酿造米酒却只能将心比心，不允许一丝掺假。为了把米酒做好，米酒先生特意回家跟父亲做酒曲，一双粗而厚重的手带着一双总感觉不够粗老的手搓米粉团，一起晒酒曲，一起去田野采摘酒曲所需要的中草药。

对于手艺人来说，他们总会怀念上一辈的严谨和耐心。生在手艺世袭的家庭是幸福的，有传承的技法和无数故事可以回味。父亲和母亲都是优秀的米酒酿造师，他们总是夸赞爷爷，爷爷便成了家庭里的榜样人物。因为爷爷去世得早，米酒先生早已忘记了他的容颜，却牢牢记着爷爷很会酿酒，会做饭，做豆腐，还会使用一些土方子给村里的人看病，这些都是生活的智慧，靠过日子打磨出来的手艺。

也不记得自己第一次喝米酒是什么时候，米酒先生的儿子3个半月的时候，就开始让他尝米酒了，孩子妈吃醪糟鸡蛋的时候，会用勺子沾点酒汁到他的嘴唇上。这让米酒先生想起自己小的时候。米酒先生的童年，在湖南小村庄生活，米酒是稀松平常的吃食，家家都会酿，一年四季米酒不断，农忙时期尤其重要，大人们提上壶放在田间，干活之余喝上几口香甜的米酒，是吃苦耐劳的奖励。女人也是要干体力活的，要喝些米酒补充体力，孕妇也可以喝。生完孩子坐月子的女人，也靠米酒做些下奶的食物，比如米酒炖鸡、米酒蒸蛋什么的。

米酒先生的父亲农忙回来，经常是用醪糟拌稀饭。忙碌了一天，有一碗香甜的醪糟是很身心愉悦的事情。每天的晚饭，都少不了米酒的陪伴，大人们吃饭，他就在旁边蹭喝。一方水土一方人，中国人喝米酒的历史远远长过喝葡萄酒。若是在宋代，葡萄酒传入中国，一定是没有市场的，因为老百姓家里的米酒都太好喝了。村民对待粮食的态度是珍贵的，自酿自饮的米酒，是生活不可缺少的一部分，酒喝的不只是食物本身，也是气氛。

多少个夜晚，大人们是喝着米酒叙家常的，还有男人们划拳的声音，也都是就着米酒消遣的。夏天，村民们解暑靠的是米酒；冬天，村民们取暖靠的是米酒。客人来了，是拿出自己做的米酒招待的。而更多的时候，一家人围坐在一起吃饭，喝着米酒，是团圆，是百年不变的生活方式，是世世代代传下来的规矩，是祖先的意味。

脑海中的酿酒场景，都是大人们忙碌的身影。年幼的米酒先生哪里能了解大人们的辛苦，也不会为酿酒操心，他3岁多终于长得跟酒缸差不多高，围着酒缸转，玩耍，看奶奶和妈妈酿酒。奶奶用干净稻草三下五下就扎出一个人形，可不是给他当玩具的，奶奶把这个假人插在刚刚拌了酒曲的米饭里面，嘴里振振有词地念着，虽然米酒先生并不知道奶奶念的是什么，但知道奶奶正在驱赶不好的东西，也在感谢土地的恩赐，希望能酿出香甜富有营养的酒。

20世纪80年代的农村生活，人们主要吃的都是手工食品，靠山吃山，靠水吃水。这段平静的时光很快被打破了，村子里越来越多的人去城市里打工，人口的流动，让生活也躁动起来。米酒先生开始被工业食品吸引，小卖铺里贩卖着包装鲜艳、味道浓郁的食物，这对传承下来的饮食习惯是一次翻牌。他也开始向往外面五光十色的生活，十几岁就走出家乡到外面讨生活，从酒店服务生做起，一路彷徨。

人生的又一个阶段是伴着工业带来的巨大副作用开始的，人们开始寻回过去传统，被抛弃的传统食品工艺开始复苏，这样的结果是铤而走险的，是重新审视的。米酒先生，重新找回了记忆里的米酒，跟父母学习家族古法酿酒工艺，做起米酒生意。

做米酒的过程并不复杂，把洗净的糯米在水中浸泡3个小时，然后将米放在篮子里控干水分，放进锅里，用热水蒸大概半小时。在白花花、热腾腾的米出锅后，将它们放进大的容器里面冷却，到二十七八摄氏度左右，加入一定量的纯净水。把酒曲磨成粉末，加入到糯米中均匀搅拌，将米的表面揉平，中间挖个小洞，以便空气和米充分接触。把这个容器放到干燥的地方，两天后，醪糟就做好了，这是米酒的雏形，酒精含量很低。把这些醪糟转移到密封的罐子里，放到温暖干燥的地方，继续发酵，两个月后，酒精含量上升，米酒就酿成了。储存的时间越长，酒精浓度就越高。

2009 年，米酒先生的愿望就是想着能开一个卖米酒的小店铺，这个愿望一开始并不能实现，他便利用互联网推广自己家的米酒。有一次，他在社交网站发起酿酒品酒活动，一位刚刚读大学的女生在活动中说："原来这就是《大长今》里面的韩国米酒啊！"这句话刺痛了民族情结很深的米酒先生。后来他去韩国考察，也不得不佩服韩国人对米酒的重视。米酒学校就在首尔景福宫边的一栋楼上，更像是一个另类的酒馆，韩国人对米酒的推广是居高临下的态度，在那里，陈列了各种韩国牌子的米酒，也有各种米酒的历史和制作，客人们可以饮用各种新鲜米酒。这次行程激发了米酒先生推广自己民族米酒的决心。

他感觉自己就是中国的一个小小个体户，夹缝中求生存，却是责任重大的，米酒是一种强烈民族感的承载物。

再后来酒铺开了，有一位画家通过搜索找到他的店铺，品尝后拍着大腿说，这个米酒比他在外面采风喝的米酒都好。画家一口气将店铺的米酒都买了，当时店铺的米酒才几十斤。米酒先生很感激能遇到这样一位知己，这是对当时萧条市场的莫大鼓励。

父母一辈子只做一种米酒，他们满足于传统。而米酒先生却努力创新，创作出彩色酒曲，酿制出不同颜色甚至香味的米酒，玫瑰米酒、桂花米酒、血糯米鲜酿、紫薯糯米酒、洛神花糯米酒、茉莉花糯米酒……带有一些滋补养颜的功能。

在酒的质量上，米酒先生绝不妥协。从父母那里学来的基本功，泡米、蒸米到酒曲发酵，每个步骤保证持续的水平，全部手工完成，这样可以根据发酵的变化随时观察调整，这样一天最多只能酿 50 斤，和机器比起来实在微不足道，但只有这样才能产出好的米酒。

为了追求产量和延长保质期，而去添加任何勾兑，那是违背父母和自己良心的行为。他更是看重最重要的两道食材，米和水。做米酒用的是农夫山泉水，以及湖南家里自己制作的地道酒曲。他对原材料的追求一直都没有停止过，对米坚持甄选来自东北、云南、广东等地的优质糯米。什么地域有什么好的糯米，他都会亲自去。山上糯是广东瑶族山区的特有品种，每亩山地产出大约 270 斤糯米，产量不高，因此也不打农药不用化肥。米酒先生跟着瑶族农民一起上山除草，从前期播种到后期加工，对糯米的品质有追踪式的了解，最后做出了山上糯米酒。今年开春，他又去了东北糯米的产地，下半年秋收他再去。还有云南墨江血糯米的产地，那里有最好的血糯米。

机器一天就可以酿几百斤的酒，可酒之所以是酒，就在于酿造发酵的时间。做米酒和做人一样，需要很真实，很真诚，不可以偷工减料。需求变大了，家里的亲戚从湖南老家来给米酒先生帮忙。想起第一次在北京卖米酒，他也许想不到在今天，家族手艺不但给了他衣食温饱，还让一家人都其乐融融地一起工作。他多年的彷徨都在米酒这里得到了解脱。喝米酒是为了更好的生活，酿米酒也让米酒先生一家的生活更好了。

米酒先生时常怀念儿时农村生活。什么样的境遇喝什么样的酒，米酒是一家人在一起时才会喝的酒，是辛勤生活的调剂，是红白重要时刻的道具，是祭拜祖先的礼物。米酒是对于家乡，或许也是对于过去种种消失景象的怀念。米酒先生，一个认真酿酒的工匠，让酒友们喝到地道而又能感受到生命悦动的米酒，这是他的责任。喝米酒给人微醺的状态是幸福的，借着酒劲也道出了人间的悲欢哀乐。

子安造砚

子安为什么要造砚？他出生在20世纪70年代末，家境贫困，为了生活，16岁初中毕业后就进了工厂打工，做的都不是自己喜欢的事，1998那年经父亲友人介绍随王伯之子学制砚，遂与砚结缘。

前往学习制砚的临行前，他的父亲赋《采桑子》相赠："吾曾心醉丹青画，少小离家。秋月春花，大道未成徒自嗟。而今汝去为雕匠，却为粮麻。艺海无涯，勤奋钻研结硕瓜。"这首诗竟然成了他造砚一直在奉行的准则。尽管砚是文房四宝之首，可多数制砚人身上缺少一些具有灵魂的灵气，大多是把制砚作为糊口工具，乱来和滥竽充数的伪大师也不乏其人。子安倒像是文人造砚，凡事要讲一个道理，沉稳得很，墨在腹中，与砚倾诉。

子安一家人，验证着中国不同文人的命运。祖父是江苏扬州人，毕业于北平法学院，1949 年（民国三十八年）奉部令调入歙县法院任推事简任，在“文革”中亡故。父亲自小喜丹青、文学、诗词、音乐，早年曾求学绘画，现实让理想破灭。那个年代，书信往来必不可少，子安小时候见祖母父亲寄物件、书信往来都还是毛笔书写，研墨用的是一个“迷你盆”一样的器具，就是墨海。等上小学有了书法课，父亲就把墨海给了他，还有一本破旧的《勤孝歌摹本》字帖，至今还在。

制砚是自然也是必然的事情。中国文化主静，文房静，砚静。在静中，中国人可以知足常乐。子安就是一个非常安静、不擅长用语言来表述的人，一本闲书、几枚古物等都能让他度过一天好时光，他甚至有点怕与陌生人交流，更多时间是把问题抱以思考的态度来对待。他怀旧的情结，让他热爱老的器物，拿在手里把玩，可以消磨一天的无聊时光。

他身上有一种无比平和的气息。平和，是一个人的脾气，也是一种参透。做砚也不急躁，以兴趣为前提，没有兴趣的时候就放松自己，宁可闲着，硬做是没有意义的，兴趣来了，他制造起来就会非常投入，精力、情绪饱满，自然易把握住内心理想的那个度。

工作室是简陋的。工作台在窗边，一张凳子，一个洗手池，没有花太多心思布置。桌子上是钢凿、铁锤、圆筒铲刀、乌钢刀头、画线尖针、圆规、尺子、台虎钳、油石、砂盘、砂纸、棕刷等，看上去杂乱无章，可又很有说法，光说刀的形状就有平口和弧形，还要有大小号、不同弧度，圆筒铲刀要套在靠柄上使用，靠柄是硬木车出，刀具可随意替换使用。而小刻刀，拿在手里雕刻纹饰细节，刀头和圆筒铲刀一样，随自己需要打造不同刀头使用。

造砚首先是相石。选择适合制砚的砚料，体会一块石头在形态、纹理、色调等方面传达出的气息与境界，再确定制造的方向范畴，其后才是构思题材。砚的主体就是研墨的砚堂和蓄水的墨池，敲凿出大形，接下来顺应砚形进行雕刻。比如制造带皮的仔料，就会把周边的一些自然机理加以巧用。边敲边整砚的整体形态，多余的地方敲掉，锐角的地方修饰圆润。自然而为，去完善一方砚的完整与和谐，也就是砚感。手里的那种微妙手感，是通过多年积累打磨形成的，心里要有一个明确精准的度，出手就是下意识的。

制造一方砚，除了要符合砚本身的规范外，还要表现出砚料的自然特性，比如厚实的砚料和单薄的砚料是不同的，就要找到符合它们各自的表现元素，互相和谐了，才能好。一方砚流露的情感，要你的手感、你自身的能量去驾驭、支撑。不论是粗放率意还是工整精致，都要具备收放自如的标准，标准支撑得住，就是美学的东西。简素的砚，不加任何雕饰，线条就要具有足够的表现力，才能塑造出独立的形体，线条要能独立出来肯定要具备一些能量。线条曲直的对比、弧度曲线的光影、硬挺柔润的质感等等，要把语言用活了才能不简单。随形雕饰砚，比如造木段题材，敲雕的时候会留下粗糙的刀痕和石层剥落的自然痕迹，就要把自然的东西利用起来，修整形态时留下一些痕迹，意到位了就可以停了，不需要把刀痕剥落全部打磨干净，少量的留存，虽粗糙，却很出彩，追求的就是在粗糙之下细腻的、本质的东西。雕刻完成后，把需要磨光的地方，用油石、细砂纸打磨平整光洁就可以。

初学造砚时，子安随王耀老师打下了一些技术层面的基础，现在看来，他那时都还是门外之人。独立工作的初期，处于试验性的探索制作阶段，生活得不到保障，他却不想受市场的诱惑去生产商品化的砚，那是对毅力的巨大考验。紧接着又面对非人力所能抗拒的疾病，宛如到阎王殿走了一遭，心境大变。“放下”无疑是获取快乐的唯一途径，这种大智慧看似很近又似很远，只有在自己亲身面对时才能真正理解。

遇到懒壶先生后，子安开始明白造砚需适当遵古法，研究古砚，要懂鉴赏，方得精髓。造砚需得法，能力不仅仅是工艺层面的技术，更主要的是自身的美学学养，在眼明之外，自是造化功了。懒壶老师让他明确自己要走的路，摆脱制砚人无根生发的民俗工艺趣味。从制作风格去区分年代，明白古人制作是有法度的，雕刻一个物象是需要懂得画理的，比如制荷叶，你如果从来没有观察写生过，就不可能知道结构细节。

为艺不是说，而要用手做。子安造砚，彻底开了窍，先临摹学习，积累技法，不断地对比，不断考察手的能力以及对古砚的解读能力。这也是一辈子要做的事，只是后期不需要动刀去临摹，用眼睛、用心去解读就可以。临摹只是起点，要能学而思，思而变，要得法复弃之，再得法外法。古人的创作思想亦源于此，在自然中体会每一件事物的微妙之处，自由地对接古今。这些有了，就要“砚外求砚”，自然界的一切物象、古器物都是学习的对象。

多数时候，人们很难明白同是手艺，境界、立意有高下，一种是文质的，一种是民俗的。不同层次学识的人在认知能力上，审美情趣完全不同。每个人都有自己感兴趣的切入点，是在和审美力较量。五代两宋时期的古砚是子安最为喜欢的，宋人对器物线条的把握、对度的控制，那份气质、神韵很打动人心。选择是否自己要的东西，尽量随心做到纯粹，这个纯粹里面包含很多东西。制作时要把这种感觉融进去，对于砚作的气质、线条的拿捏、微妙的度的把握都是有很大帮助的。

砚是文人书房必备之物，因翰墨因缘，为历代文人所钟情。在悠远漫长的历史长河中，它见证了中华民族的文化史和艺术史，寄予了文人追求闲适、雅致、优美的精神状态。砚在文人心目中是“终身与俱”的，苏东坡有“我生无田食破砚”之语。历史上李煜、米芾、赵佶……一大批文人都有诗文、典故传世，证明了一个民族深厚的文化底蕴。

士林文人们就有嗜砚藏砚的风尚，借以陶冶性情、抒发幽思。《全唐诗》就有不少咏砚诗作。收藏古砚，可以发现古人制作上的精到，材质不佳等因素都可忽略不计。平日逛古玩铺的时候，常常会见到一些残缺不全的砚，残破不堪却难掩它的美丽影姿。子安买到第一方古砚时很激动，买下后懒壶老师确认它为南宋物，那种愉悦感是不可磨灭的。每一个好古的人，都醉于其中得其趣，在学习中充实、完善自我，从中受益。

具备对传统的认知，就要去了解历史上每个时期砚的制作、审美、样式风格演变。单从图片是无法完全体悟的，必须去把玩古砚，与古接气、对话、解读。不论气质是简朴、古拙、华丽，都不能简单理解。要体会那个时代背后的那段历史，里面承载的东西，心里明确一个精准的时代审美坐标，技法是放在对美的认知这个过程中的。要制好，仅局限把玩古砚是薄弱单一的，雕塑、绘画、瓷器、书法等都是可以借鉴的方式，古代的每个艺术品都是一本书，判断古器物的艺术性，美是标准。从最初开始喜欢古砚，到现在关注、把玩各门类的古器物，从中受益匪浅。随着时间、心境、眼力、关注点的不同，人在每一个阶段的认知都是在变化的，同样一件器物不同情境下解读，得到的东西都是不一样的，不断地调整自己、打磨审美，修正自己的审美。

与师友交往的过程中，常常会遇到打动人心的趣事。近几年遇到师友怀一、马骏、林玄之，使子安受到很大影响，他们对书画和器物的认知让他开拓了眼界。懒壶先生，饱满突起的前额，厚厚的嘴唇，相貌奇古。擅书画，于古玩亦是精通。曾见其夏夜赤足挥毫，画连绵的荷花，跋："我作长眉不知能易汝之短眉乎。"笔墨得八大韵致，画境妙极了。（注：眉子纹是龙尾砚石的一大品类，其纹犹如美人画眉。）晓中大哥，魁梧的身材，有北方汉子的气概。写艺评受到艺术家们的青睐，却在多年前选择了在家伺候父母，每天做饭、烧菜、洗衣，以尽孝道，空余就读书、写字。爱砚，一次来皖，酒后研墨临写兰亭，逸兴忘我，手指蘸墨食而不知。见大家有取笑意，言："腹中有墨。复蘸墨以食。"其痴可见。

砚与文房事息息相关，有着书写使用和文人赏玩的双重性，赏玩自是与美不可分割。造砚就是雕刻刀和石头的事，呈现出来的信息是个人审美力的综合性把握。砚是造型艺术，好的作品，首先要打动人、要耐看，就要看里面承载的东西。解读时不能简单理解成一件器物，制造者的学识、境界、智慧、格调、个人的心像与精神含量厚度都会有所反映。工艺品和艺术品的差别就在这，好的艺术品是独特的，那种气韵、品格是不能被临摹和复制的。造砚有意思、有玩味，在于对自己有要求，制造起来并不容易，容易了也就没意思了。

造砚最重要的是见识要高。具备对美的判断力、感受力，有了审美的眼力，才有自己兴趣的切入点，这是真正的素养，如此才有高格调。还要有认真的态度，不受周边环境的影响，人不媚俗，不受市场的取向影响，很难做到。多数人满足于名利的心态是不对的，缺少虔诚心做事。在这个市场诱惑充斥的时代，人往往会认同、会妥协，这是很糟糕的大环境。如果可以坚持自己，耐得住寂寞，拥有一个安静的环境、一个自由的创作状态，就应该可以做好。

感受到文人气息，是一种美的享受。当对器物产生喜欢，就会主动去了解制造者的审美、情感，去追溯砚的历史。造砚是子安生活中必不可少的事情，造砚让他愉悦，与其共生息。古人讲究态度，有虔诚心、敬畏心，以对生命的感悟来塑造它们。现在人的生活氛围和节奏使很多人对于成功太过急躁，时间都花在利益链的追逐中，求量不求质，发展成快餐工艺品。

古人言“情必近于痴而始真”。保持造砚的单纯，恣意造砚，把个人的思考体现在砚里，让砚纯正、醇厚。在造砚上，就自私一把，造心里所想，得一个安静的空间，做一个自由人是子安所愿。审美意识的不断调整是大的享乐，在造砚这个载体上不断用手去追摹当时的一种感觉和状态，心手相应地追求的过程往往是很美的，让人心里泛起涟漪、愉悦。

东源谱师

在温州瑞安西南角的东源村里，似乎是无尽的黄昏，绵绵不绝的四合院，铺满了青砖，顺着砖缝长了四五尺高的杂草。屋子里发出微弱的响声，散发着油墨的清香，都像是时间轻轻滴落。王超辉就在这里木活字刻字、印刷，他戴着老花镜，端详着手里上好的棠梨木字块，左手不停转动字模，右手一刀刀在上面雕琢，精心运气，功到字成。

用纸写字样贴在木板上，照样刻好字后，锯成单字，再用刀修齐，统一大小高低，有的也可以用毛笔直接写好反字再刻。他一天最多能刻 50 个字，刻字需要专注，稍不留神就会出错，很费脑力，需要静定。王超辉年轻的时候刻得还要多，一天最多能刻 80 个，现在眼睛花了。他刻的字是老宋体，笔画横细竖粗，字形方方正正，古雅得体，是明朝以来的官方字体。

屋子里摆放了几张大木桌，上面或放着几碗水、墨汁、雕刀、雕盘、印板、上手刷、下手刷、白蜡、木尺等工具，或放着一些早已排好版的字盘，上面密密麻麻地排列着一个个字模。要开始排版拣字了，王超辉用方言念起了一条口诀：“君王立殿堂，朝辅尽纯良。庶民如律礼，平大净封张……”整个口诀被他诵读得平仄有韵。所有工序中，最难的是拣字，为了方便记忆，使用老祖宗传下来的、沿用近千年的口令。

他把刻好的木活字，一个个排到木盘里去，每行用竹片隔开。一行排满了，用削好的小木片把有空隙的地方塞紧，使木活字不能移动。排好版后，要进行反复校对，确定无误后才能开始印刷。

木印版先用刷子刷上水，过几分钟再刷墨，刷墨要恰到好处，用力要轻柔且均匀，墨汁浓淡相宜。印刷时用棕刷子在纸上轻轻拓印，拓纸时需要用力适度和均匀，轻稳地铺上淡黄色宣纸，再用棕毛刷自上而下顺纸面拓印，腕力轻重适度。如此反复3次，揭起印纸，这些工整的字体就被印刷在了有些泛黄的宣纸上。然后是切谱，也就是为纸裁边，最后装订完成。那些字触动人心，看后念念不忘，汉字的美，刚与柔都含在里面了。

这个忍受寂寞的村庄，三面环山，西风老树人家，生活着木活字手艺人。他们用木活字来印刷宗谱，所以他们也被尊称为“东源谱师”。王超辉就是其中一位，不一样的是，他是木活字印刷术的传承人，出生在刻印世家。瑞安木活字印刷自元朝初年王法懋始至他这代为止，传承了 14 代，已经有 800 多年的历史。瑞安木活字印刷是目前唯一保留下来，仍在使用的木活字印刷技艺。

北宋人毕昇发明了泥活字，是活字的开端。之后出现了锡活字、木活字、铜活字、铅活字等，木活字是由王祯创制的。元初，当时被视为宗族圣典的宗谱十分盛行，而木活字印刷术由于就地取材，具有材料成本较低、添字方便、制版灵活等优点，普遍用于宗谱编印。当时隐居在福建省安溪县长泰里的王氏先祖王法懋开始用木活字印刷，后来在明正德年间，王法懋的后裔由闽迁入浙江平阳，又迁入瑞安东源，“化俗谱之修”的木活字印刷术就此落地生根。

过去这一带都是有木活字的，生生息息，代代相传。木活字花费时间长，成本高，人们等不及，师傅们纷纷转向了铅印字，电脑打印简直毁掉了这门手艺的前程，一些艺匠只能另谋出路，或依靠刻章维生。

浙南地区的宗族文化，制作和修订族谱是要用木活字的，制作族谱繁复漫长，并且资金成本也高，各宗祠的长老们依旧顽固地指定这种古老的工艺，并且木活字制作族谱保存时间长，很多消失的老宋体字可以制作得出。

东源王氏并不将木活字印刷谱牒的技艺视为传家秘籍，在收徒传艺上十分开放，村里许多外姓人，甚至是妇女也都加入谱师行当，如今东源村仍有近百位谱师，年龄最小的才 20 来岁，最年长的已有 80 高龄。王超辉靠着自己坚实的手艺生存，全然坚持古法，每天都在做着木活字的雕刻、拣字、印刷等工作。

他是初中毕业后跟着大伯学习木活字的，那个时候读书不多，大部分的知识都是在刻字中学会的，白天学习，晚上思考。在刻字的过程里学习汉字，读文章。祖上只传下来 1 万多个木活字，很多字因为时间太长印刷不清晰，他们只好烧毁，刻新的，用最好的棠梨木，这种木料光滑而不易腐烂，可以保存两百年。

那个时候总有学不完的汉字，读不完的书，一点也不觉得辛苦，还有些着迷。因为一直学不完，才能坚持下去，不是只能单单靠毅力。

最难的是“文革”那些年，一辆车把所有工具全部拉走了，不允许王超辉一家刻字，更是认为做族谱是迷信行为，一切尽殆。王超辉只好在晚上借着月光，躲在阁楼上偷偷地刻字，甚至不敢开电灯。直到 20 世纪 80 年代，活木字又被允许使用了，王超辉常常会帮政府印刷古书，情况好了起来。可是快捷的铅字冲击，让很多人都放弃了这门古老技艺，连自己的儿子也在做铅字了，他坚持把技艺教给儿子，只是儿子边学边刻，需要很多时间，现在还没学完，自己也带了另外四五个徒弟。

在过去，东源谱师外出浙南、福建、江苏、湖北外省编印族谱，跋涉相当艰苦，自己肩挑印刷工具和生活用品。他们食宿在旧祠茅舍，短则数月，长则经年。待族谱问世，主家摆酒“圆谱”，谱师们会披上红绸、坐上位、听赞颂、纳红包、喝喜酒，这户人家要欢欢喜喜放鞭炮庆贺这一工程完成。现在的东源谱师王超辉，主要的经济来源也是修订族谱，有的族谱需要20年更新一次，有的是10年，有的只要5年。

有的宗祠人口数量在2000到3000人之间，王超辉需要半年以上的时间才能完成族谱，除了要记录辈分，现在还要记录每个人的职业和学历，一本宗谱，道道检验，字字不差。宗谱是老古式，一定要用老古式的木字去配。在过去，三代不修谱即为不孝，木活字这门古老技艺实现了民间寻根问祖的宗族情结。

木活字印刷术被列入联合国急需保护的非物质文化遗产名录，王氏老宅也被当地政府设立为中国木活字印刷文化展示馆。王超辉没有对自己的坚持庆幸过，因为就算没有这一天，他也会坚持祖上的古训，成为古老手艺的继承者。只是现在走出去的时候突然发现自己被重视了，手艺也被重视了，很多外省人也都请他去印家谱。

学了40多年，刻了40多年，好像也没学够，他的儿子也学了20多年，他们是恪守古训的手艺人。王超辉已经刻出3万多字了。欣慰的就是这门祖上传下的手艺还活着，还能发挥用处。在日复一日刻字排版的生涯里，慢慢地体会拼接的幸福。

物我一如方自由

魏闻甫的工作室在七宝古镇上，但又不在繁华之处，是小区单元房里的一间，在一楼，有个院子，其实就是他的房子。他当年来看这里，看到就买了，并没有犹豫。工作室里，徒弟不多，都在忙手里的活，一个在给古画背纸上贴细长纸条，密密麻麻的，是为了防止画裂开。一个在用小刀削木头做画轴。还有一个在给画背上蜡，是为了卷画的时候减少摩擦。

上海正值梅雨季节，房里有点潮湿，让人感觉气闷。几面墙都是木板做的空心墙，要晾干的字画都贴在这夹板墙上，透气。每次揭下来的时候，多少会留下一些毛边。日积月累，这些墙满是经线和纬线的毛边，整个墙毛茸茸的。字画和扇面零星地贴在墙上，让枯燥的环境一下有了灵气。

屋子里外三间都摆了大红色的桌子，很宽敞，占了每间屋子的最大面积，仔细看可以发现桌子一圈水槽。对于修复古字画的行家来说，这桌子如果不是红色的，客人就可以直接回去了，说明那儿不专业，真正修复古字画的师傅一定会用红桌子，画一蘸水，铺在桌上，立见厚薄，全看分辨颜色的深浅。

最小的一间房储物，保险箱有10层，放的东西只是魏闻甫工作里的一部分，是做好的字画、扇子，还有排队等待修复的作品。有的作品放了很久还没有动手，由于找不到相同材质的纸，就只能搁在那里，他便托朋友们到处去寻觅。各式各样的扇骨，象牙的，象骨的，甚至是名贵的大湘妃竹的，他都收了很多，备着，遇到什么扇面就配什么扇骨，好的扇面就要用年代合适且相同贵重的扇骨，不能怠慢。

门上贴着很多张纸，上面手写着要求，有些竟是毛笔字，颇有功底，还有小楷。跟客人沟通还保留着过去的习惯，要求一定是要白纸黑字的，写得清清楚楚，显得严肃。再往下，门上挂着的是刷子，原始的那种，刷糨糊用的，接近扫帚的造型，颜色已经浸得发深发暗。

外行人不认识魏闻甫，就连画家们也不认识他。他不给画家们装裱，只做古旧字画，越古越做得兴奋。老家在丹阳，16岁那年初中毕业，父亲就送他去学装裱，一干就是30多年。丹阳书画装裱业在清朝末年和民国就很有名气，三分画七分裱，用纸托裱在书画作品的背后，再用绫、绢、纸镶边，及至扶活，然后安装，轴杆或版面，可以裱成卷、轴、册页和片。装裱一点也不简单，给字画修复是很重要的工作，这其中有上百道工序。真正的装裱师要看得懂字画，什么年代，什么流派，什么人的作品，样样精通。

做装裱师有行规，师傅告诉魏闻甫，不可以做生意。一是怕做生意来钱太快，就不会安心做手艺；二是一旦倒卖字画，客人就不再信任，不敢将字画交给装裱师。装裱师就是装裱和修复字画的手艺人，至于你的客户为此获利几万还是几百万元，和你没有关系。装裱过程也不可以让人参观拍照，手艺不能外传，客人的东西也不能曝光，怕影响了价格，也必须要保护客人的隐私。

上海的大收藏家多，魏闻甫来上海出师，也是不敢碰买卖的。这个圈子太小了，他的手艺好，很快就有很多人找过来。中国的装裱师越来越少，不少人也都转去做生意，每个城市能叫得出名字的装裱师相互之间也都认识，不少都是丹阳人。每年春节期间，大家都会返乡，腊月二十七，魏闻甫会组织全国出名的几个装裱师在老家聚会，第二天是父亲的忌日，他要去扫墓。

每一个古画交到魏闻甫手上，他都要小心翼翼地打开，有些甚至要先喷水滋润一下，有的旧画会在打开的瞬间崩裂，经验不足的年轻人常常这样把画弄碎。画不用全打开，他心里便有底了，见过的、摸过的、经手的东西太多了，是不是真品，是不是名家、仿名家。但他不多说，就像师傅教导的那样，装裱师就是装裱师，客人送来的要做就好好做，别的甭管。谈价钱有点门道，这毕竟不是明码标价的生意，全要靠他去衡量这里面的难度和耗时，这跟作品本身的价值没有完全的关联。有的人找到他只是为了复原祖上传承下来的作品，价值本身没有那么高，只是为了保留作品。一到谈价格，他就有自己的脾气了，不是因为仗着自己的手艺好，那些讨价还价的他偏要开个高价，那些对价格不多说就答应的，他就要人家来一次便宜一次。

修复古画的第一步就是在院子里洗画，根据画布不同材质、不同的颜料来选择用什么水洗，清水洗不掉的油渍、霉斑，就要使用一些特制的药水，单是发霉也要看是白霉还是黑霉，对症下药。控制水温，纸质已经很脆的，就更需要加倍注意。洗画之后，还有揭背、拼接、打条子、托命纸、上墙、补残、打蜡、压光等上百道工序，任何一道工序出错，都可能毁了整幅字画。从托纸上往下取画芯要格外细致，一点一点轻轻地揭，揭不下来的，将托纸揉成纸屑，用镊子清除。

很多画不完整了，需要魏闻甫用相同的材质补上，所以他柜子里藏了大堆废纸，看着毫无价值，说不定哪天就能用上。补上了画纸，要用笔墨把古画上残缺之处补好，有些褪掉颜色的部分重描，全看客人的要求。用什么笔锋也要跟缺失部分稳合，不能违背古人本意，要靠绘画书法功底。

大部分字画只要灵感来了，一周就可以做好。有一次一位客人亲自取画，画就挂着墙上，他搬了椅子左看右看，足足上上下下打量了一个多小时。最后实在没有看出什么破绽，只是指着一条松针说没对齐。这样挑剔的客人，魏闻甫又爱又恨，后来想想多一些挑剔的客人是有好处的。圈子小，只要手艺好，很多人就会找上门来，全国各个博物馆的古字画也会送来，他经手的价值上亿的作品不在少数。

有一次某个展览从博物馆借出南宋马远的画，市值过亿，不知为何就掉了下来摔坏了。工作人员吓坏了，有人推荐到魏闻甫这里来修复。魏闻甫见到马远的真迹格外兴奋，虽然这个工程有很大困难，在他这里还是妙手回春。可他却只收了平时做一幅画的十分之一价格。因为这费用需要出事的工作人员负责。他觉得人家是个打工的，哪里有这么多钱。

除了师傅口手相传的手艺，魏闻甫一直自己摸索，他的扇子修复就是自己的独门秘诀，将单片的扇片做出成扇，全国几乎再没有人做得了。每年他要做上千把扇子，这个手艺让他特别自豪，如果有一天退休了，他就只修复扇子，这个算是看家本领，也算是最大的爱好。

每年要修复300多张古画，上千把扇子，时间永远不够用，东西永远做不完。因为这个行当，魏闻甫也结交了很多朋友。每个周六，他们会在城隍庙的茶馆里聚会，互通信息，看看谁又收到了什么好东西，也可以现场做交易，行话叫“打仗”。

历代装裱大师的修复技术学习过程长达二三十年，水准不够会令文物遭受不可逆转的损伤。做这行徒弟最难带，有的熬不住了自己出师，常常因为经验不足而出错。有些装裱师只教徒弟一道工序，怕徒弟掌握了技艺就单飞。书画修复师是鉴赏家、鉴定家、收藏家，只有真正热爱书画，深入研究，才能把这个行当做好，才能悟到书画修复的内在精髓。

修复古字画，风险很高。“古迹重裱，如病延医。……医善则随手而起，医不善则随手而毙。”这些年，魏闻甫的徒弟们共做坏了3个作品，都要师傅去赔偿。有幅画，徒弟草率按照常规去洗，一浸药水，画中一只鸡就不见了。还有一幅作品，整个工序都是正确的，直到挂在墙上风干的时候，魏闻甫才发现不妙，徒弟死活说不出错在哪里。带徒弟既要给徒弟机会，又要时刻提心吊胆，每一幅作品都是客人的宝贝。长期修复古书画的专家，全国已经不到50人了，能修复残破极甚的珍品的修复师，更在少数，装裱师的传承不易。真正的裱画师要靠人品和手艺。

不自然博物馆

Peter 是个故事设计师。每天中午搭地铁到工作室创作，晚上 9 点左右搭地铁回家。一天清醒的时间有 16 个小时，大脑高速运转，在思考一些稀奇古怪的东西，然后编制一些段子，在头脑里拍电影。他的工作室类似于一个房地产中介从业员的格子式办公桌，办公台甚至还要小，多放一个水杯，左手就不能动了，因为右手边满满都是各种漫画书。

在认识他之前，我不知道有人可以靠设计故事赚钱，并不是编剧那个层面。怪幻无厘头的荒诞故事，最后呈现在漫画、公仔、T 恤及其他产品上。而他却愿意相信自己是一位科学家，日常喜欢看的书都是有关数学的。他从宇宙中观察到的科学信息组装成有趣的可以传播的故事，本质上是一门精密的信息编码科学。写这样的故事，是一个“精密而科学”的学科。

它不像是言情小说和散文、诗歌，随处记录和抒情就可以完成，这样精密的故事学科需要科学的素养和冷静旁观的洞察力。他一直认为，一个人在情绪失控的情况下可以画出惊世的感性的画，但是没有一个人可以在情绪失控的情况下写出一个结构精密、逻辑完美的怪诞科幻故事作品。

小时候，他第一次在电视上的《恐龙特急克塞号》里，睁大眼睛看霸王龙大战三角龙的时候，他觉得自己已经进入了科幻无厘头的世界。刚刚学会在纸上涂鸦，画的最多的是当时流行的《恐龙特急克塞号》里面的各种恐龙，霸王龙大战三角龙是百画不厌的一个场景。外婆经常会带漫画书给他看，除了经典的迪士尼漫画书，一部港台版的血腥暴力漫画，里面有个古代长发武侠提着人头站立在月夜里的树枝上，把他看呆了。妈妈给买了一件有可能是星球人战图案的儿童T恤，他喜欢得天天穿着，里面的太空战士真的太迷人了。童年时期脑子里都是太空、武侠、暴力、科幻、怪兽、如来佛、激光枪。

荒诞无厘头的故事写作，需要先学会科学地理解生命系统的科学构造、宇宙运作的原理，以及关于人类存在的各种理论和解释，包括数学、禅、经济、兵法、道等等。触及了这些基础的科学知识，然后用一个这样科幻的角度去查看日常的生活，就会在生活中发现很多荒诞有趣的场景，并可以把这些片段组装成一个一个故事。一个这样的故事的价值是无穷的。比如庄子的关于梦蝴蝶和庖丁解牛的故事。不是大部头煽情的爱情小说，而是这样一个个简短的怪诞故事，对人类来说才是永恒而美好的。

工作室命名为“不自然博物馆”，“不自然”是Peter对观察到的人类社会的一个概括。宇宙是自然的，天地是不仁的，万物是生死如常的。但是人类就很奇怪。人类天生有一种逆天的美丽气质：不自然。比如在高楼城市里，和一个平时基本不打交道的邻居，不小心撞到挤在同一个下楼的电梯里，那种窒息的沉默，感觉真是太尴尬、浑身不自然了。情感上，过去的经验还在对我们说：邻居应该是友好亲爱的，互相问候才是正确的。但是现代的生活秩序，“邻居”已经是一种被抛弃的人类关系，城市人实际上已经有能力脱离邻居这种落后的人类关系形式了。网络上的人际关系实际更是属于未来的关系形式，基于地理关系的邻居意义已经不大，这就是自然的真相。但是自然的真相和过往的情感经验总是处处存在冲突，这就带来有趣的不自然体验。人类会有感情，总是活在自己认为如此的世界里，一旦站在残酷的大自然面前，一旦站在未知的未来真相面前，一个个就像惊慌失措的孩子。

和一个刚刚在宴会上认识的、聊得很开心的人，如果一起又在厕所里撞上了面对面撒尿，那种失语和尴尬很不自然，可能都在想：“该聊点什么呢？该看着他的双眼吗？还是看着厕所的洞洞？需要聊点什么吧？”这就是不自然的世界。我们希望用一个有趣的手段，去重现这一个个不自然的时刻。“理虽如此，情何以堪”，这就是人类的世界。

对于一个故事设计师，灵感来源于生活的观察，某些时刻的捕捉。越是习以为常的话，里面蕴藏的荒诞物质就越多。每个怪幻故事组装需要的时间也不同。Peter 有时候一天好几个小时不断在冒故事，每遇到一个生活场景，头脑就往外流故事，有时候有的作品来不及记录就流失在脑海里了，有时候得半夜起来记。将一个故事落实在画面上，成为一个不自然博物馆系列故事，需要一两天，大部分时间是在画面上的斟酌，希望画面有一种像药物说明书那样，有一种精炼和美的科学感。

Peter 在生活中不断问一些无聊而古怪的问题，而后可以给出疑似科学的答案。很多根本不能养家糊口的技艺，就是因为技艺者无力探索技艺背后更深刻更瑰丽的哲学、科学意义，使得技艺死在自己手里。他的理想很庞大，想指导人类生活得更自然，更科学，在星外兄弟种族入侵前，率先成为更优秀的种族。这就是造物主赋予一切技艺的使命。

图书在版编目（CIP）数据

万物皆有欢喜处 / 祝羽捷著. -- 南京 : 江苏凤凰文艺出版社, 2019.8
ISBN 978-7-5594-3520-0

Ⅰ. ①万… Ⅱ. ①祝… Ⅲ. ①散文集 - 中国 - 当代
Ⅳ. ①I267

中国版本图书馆CIP数据核字（2019）第062611号

万物皆有欢喜处

祝羽捷 著

出 版 人 张在健
责任编辑 唐 婧
特约编辑 刘 平 王慧敏
书名书写 韩 寒
装帧设计 所以设计馆
责任印制 郝 旺
出版发行 江苏凤凰文艺出版社
南京市中央路 165 号，邮编：210009
网 址 http://www.jswenyi.com
印 刷 北京盛通印刷股份有限公司
开 本 880 毫米 × 1230 毫米 1/32
印 张 10
字 数 225 千字
版 次 2019 年 8 月第 1 版 2019 年 8 月第 1 次印刷
书 号 ISBN 978-7-5594-3520-0
定 价 49.80 元